Ciegos al amor

Kim Lawrence

Editado por HARLEQUIN IBÉRICA, S.A.
Núñez de Balboa, 56
28001 Madrid

© 2009 Kim Lawrence. Todos los derechos reservados.
CIEGOS AL AMOR, N.º 1959 - 11.11.09
Título original: The Brunelli Baby Bargain
Publicada originalmente por Mills & Boon®, Ltd., Londres.

Todos los derechos están reservados incluidos los de reproducción, total o parcial. Esta edición ha sido publicada con permiso de Harlequin Enterprises II BV.
Todos los personajes de este libro son ficticios. Cualquier parecido con alguna persona, viva o muerta, es pura coincidencia.
® Harlequin, logotipo Harlequin y Bianca son marcas registradas por Harlequin Books S.A.
® y ™ son marcas registradas por Harlequin Enterprises Limited y sus filiales, utilizadas con licencia. Las marcas que lleven ® están registradas en la Oficina Española de Patentes y Marcas y en otros países.

I.S.B.N.: 978-84-671-6953-9
Depósito legal: B-35727-2009
Editor responsable: Luis Pugni
Preimpresión y fotomecánica: M.T. Color & Diseño, S.L.
C/. Colquide, 6 portal 2 - 3º H. 28230 Las Rozas (Madrid)
Impresión y encuadernación: LITOGRAFÍA ROSÉS, S.A.
C/. Energía, 11. 08850 Gavá (Barcelona)
Fecha impresion para Argentina: 10.5.10
Distribuidor exclusivo para España: LOGISTA
Distribuidor para México: CODIPLYRSA
Distribuidores para Argentina: interior, BERTRAN, S.A.C. Vélez Sársfield, 1950. Cap. Fed./ Buenos Aires y Gran Buenos Aires, VACCARO SÁNCHEZ y Cía, S.A.
Distribuidor para Chile: DISTRIBUIDORA ALFA, S.A.

Ella sí le daba importancia; de hecho, mortificada, estaba a punto de disculparse cuando él sujetó sus manos.

El corazón de Sam empezó a latir con fuerza al recordar el roce de sus dedos mientras le decía algo en italiano...

Había sentido más que oír el gemido que pareció salir de lo más profundo de su alma antes de que él buscara sus labios.

Pero ella había dado el primer paso.

Y no era excusa pensar que Cesare parecía necesitar ese beso.

Claro que, si él no se lo hubiera devuelto y la tormenta no los hubiera dejado sin luz... no habría habido ningún problema. Ningún problema, ninguna vergüenza, ningún hijo.

Sam se mordió los labios, intentando borrar las gráficas imágenes que aparecían en su cabeza. Había ocurrido y no tenía sentido darle vueltas porque no conseguiría nada con ello.

—¿Está aquí el señor Brunelli? —logró preguntar. Aunque casi deseaba que le dijera que no.

El hombre, mirando hacia la puerta que había tras él, suspiró antes de asentir con la cabeza.

—Soy Tim Andrews, pero llámame Tim.

Después de un segundo de vacilación, Sam estrechó su mano.

—Estás temblando —dijo él, mirándola con cara de preocupación.

Sam metió las manos en los bolsillos de la chaqueta, diciéndose a sí misma que debía relajarse. ¿Qué podía pasar? Que los de Seguridad la echaran de allí con cajas destempladas sería una nueva experiencia. Aunque su última nueva experiencia no había terminado siendo tan buena al final, por muy agradable que le hubiese parecido en el momento.

—He venido desde muy lejos para ver al señor Brunelli —insistió. En realidad, sólo había tenido que hacer trasbordo en el metro, pero no veía nada malo en exagerar un poco dadas las circunstancias—. Y no pienso irme hasta que lo vea, lo digo en serio.

Desearía sentirse tan resuelta como quería aparentar, pero al menos le había salido bien.

—Te creo —dijo Tim—. Y haré lo que pueda, pero... —luego se encogió de hombros, como diciéndole que se preparase para una desilusión—. ¿Quieres sentarte un momento?

Sam, a quien le gustaría estar en cualquier otro sitio, donde fuera, se dejó caer sobre una de las sillas pegadas a la pared.

Después de llamar suavemente a la puerta del despacho del que acababa de salir, Tim desapareció en el interior. Desde donde estaba, Sam pudo oír la voz de Cesare Brunelli y su corazón, de nuevo, empezó a hacer de las suyas. Su voz le recordaba cosas que quería olvidar... lo cual sería más fácil si él no estuviera al otro lado de la pared.

Tal vez había sido un error ir allí personalmente, pensó. Tal vez una carta, un correo electrónico o algo que no la hubiera puesto en contacto directo con aquel hombre habría sido más acertado.

Sam no se dio cuenta de que se levantaba o que

cruzaba la habitación, pero debió hacerlo porque de repente estaba frente a la puerta.

El despacho era grande, pero no se fijó en las paredes forradas de roble o en el ventanal que ofrecía una panorámica del río Támesis. Sólo le pareció ver una mezcla de diseño contemporáneo y muebles antiguos antes de ir directamente a la alta figura de hombros anchos que estaba de espaldas a ella, ligeramente de perfil.

El hombre con el que había pasado una noche llevaba el pelo largo y tenía sombra de barba. Era un ser elemental como la tormenta que retumbaba fuera mientras hacían el amor.

Aquel hombre, sin embargo, iba perfectamente afeitado y llevaba el pelo muy corto. Los vaqueros gastados habían sido reemplazados por un traje de chaqueta gris de diseño italiano... sí, era el epítome de la elegancia y la sofisticación.

De repente, aquello ya no le parecía una obligación o una formalidad, sino un error mayúsculo. Sam sintió el deseo de salir corriendo y se hubiera dejado llevar por ese instinto si sus piernas le respondieran.

—¿Quieres que cierre la puerta? Ella está ahí fuera y...

—No, déjala abierta. Candice no entiende el concepto de «menos es más» cuando se trata del perfume.

Sam, al ver que Cesare arrugaba la nariz con desagrado, se preguntó si aquel gesto tenía que ver con la repugnancia al exótico aroma o con la persona a la que le recordaba.

Desde que leyó aquel artículo en el periódico sobre la relación de Cesare con Candice había estado preguntándose si sería el hermoso rostro de la actriz el que veía mientras hacía el amor con ella esa noche. Las dulces palabras en italiano que la habían derretido podrían ir dirigidas a otra persona, alguien que fuera de verdad *bella mia*, su preciosa ex prometida, salvo que lo de ex era parte de la cuestión.

–Mira, siento mucho lo de Candice, pero...

–No tienes que darme ninguna explicación, Tim. Cuando Candice quiere algo lo consigue sea como sea. Supongo que la noticia de su presencia aquí se filtró a la prensa.

–Me temo que sí. Aunque ya sabes de dónde salió la filtración.

–Ella nunca pierde una oportunidad de salir en las revistas, lo sé.

–Sobre esta chica, Cesare, ha venido de muy lejos para verte... ¿no podrías recibirla un momento? No tienes que darle el trabajo, sólo hablar con ella.

Sam entendió por fin la razón para las puertas abiertas... pensaban que había ido a solicitar un puesto de trabajo.

Aquello podría haberla hecho reír de no ser porque la respuesta de Cesare fue un bufido de desdén.

–Ya te dije claramente que no quería una ayudante, sino *un* ayudante.

–Pero los de la agencia no podían decir eso, ¿no? Los hubieran acusado de discriminación sexual.

–¿Por eso se incluyó una mujer en la lista? ¿Para quedar bien?

Cesare Brunelli se acercó al escritorio, su rostro reflejando una enorme irritación, para tomar una piedra de color verde con vetas doradas que empezó a pasarse por las manos.

Y, mientras lo observaba, Sam se pasó la lengua por los labios, nerviosa, como si esos dedos estuvieran tocando su piel, dejando un rastro de fuego...

–¿Es la roca que trajiste del Himalaya?

–Sí –Cesare miró la piedra que tenía en la mano con expresión indescifrable.

No era difícil para Sam imaginarlo colgando de una pared rocosa porque parecía un hombre al que le gustaba saltarse los límites, probarse a sí mismo.

–Menuda experiencia, ¿eh? –sonrió Tim–. Yo no llegué a la cumbre, pero la próxima vez no pienso acobardarme. Quiero ver el mundo desde arriba.

Cesare dejó caer la piedra sobre el escritorio.

–Pero yo no lo haré más.

En cuanto lo hubo dicho, se arrepintió. Le desagradaba la autocompasión en los demás y mucho más en sí mismo.

–Lo siento. No puedo abrir la boca sin...

–¿Recordarme que soy ciego? El hecho de que tú lo hayas olvidado es lo que te mantiene aquí. Eso y que tu aspecto de niño bueno engaña a la competencia y le da un falsa sensación de seguridad. Tú eres la única persona que no me tiene envuelto entre algodones.

Aunque había habido otra persona.

Cesare cerró los ojos, pero eso no sirvió de nada. A veces pensaba que era un invento de su imaginación, pero su imaginación no sería capaz de conjurar recuerdos tan vívidos. Oía su voz diciéndole cosas que nadie más se había atrevido a decir, pero cada palabra y cada acusación habían sido totalmente acertadas.

«Cobarde» quizá había sido un poquito duro pero... una sonrisa iluminó sus facciones. Su respuesta entonces no había sido tan tolerante u objetiva.

Aquella chica se había convertido en el inocente, pero provocativo, foco de toda la rabia e impotencia que lo consumían. Tal vez por culpa de su voz. Tenía una voz suave, ronca, una voz que podía meterse en la piel de un hombre.

Ella le había dicho cosas que nadie más le hubiera dicho, cosas que necesitaba escuchar. Había tirado sus defensas con un par de observaciones y lo había hecho sentir lo que no quería sentir: dolor.

Acostarse con ella había sido increíble; un error, pero la clase de error que le gustaría cometer otra vez.

—Todos te tratan con guantes de seda —estaba diciendo Tim— porque les das miedo. Y eso no ha cambiado desde el accidente.

—¿Sugieres que no soy un hombre justo, que soy un matón? —preguntó Cesare, más interesado que ofendido.

—No, sugiero que eres un hombre que se pone metas muy altas y espera que los demás se esfuercen de igual forma. Pero no todo el mundo tiene tu concentración ni tu capacidad de trabajo.

Había hecho falta algo más que eso para que Cesare superare los terrores que había despertado la ceguera.

Había hecho falta una voluntad de hierro.

—Bueno, sobre esa chica…

Cesare, impaciente, empezó a golpear el escritorio con los dedos.

—Ya sabes cuál es mi opinión sobre estas cosas. ¿Para qué voy a perder el tiempo?

—Fue incluida en la lista por error. Se llama Sam… ¿no podrías verla un momento? —en cuanto lo hubo dicho, Tim dejó escapar un suspiro—. Bueno, quiero decir…

Él levantó una ceja, irónico.

—Sé lo que has querido decir, Timothy. Y me gustaría que dejaras de preocuparte tanto por no herir mis sentimientos. Pero no, no voy a verla. No creo que se me pueda acusar de discriminación sexual en esta empresa. ¿No tenemos más ejecutivas que cualquier otra compañía?

—Sí, pero…

—Yo no tengo ningún problema para contratar mujeres, al contrario. Pero no quiero una en mi despacho.

La idea de que unos dulces ojos llenos de compasión, unos ojos que no podía ver, lo siguieran por la oficina le parecía intolerable.

—Ésta podría ser diferente.

—¿Quieres decir que no sería compasiva, que no intentaría protegerme como una madre? Por muy grosero que fuera con ella…

—Y lo serías.

—Eso da igual.

–Se enamoraría de ti, claro. Ojalá me pasara eso a mí –rió Tim.

Cesare hizo un gesto de desdén.

–Por favor, no confundas la sensiblería con el amor.

Capítulo 2

—NO VOY a enamorarme de ti —Sam estaba diciendo la verdad aunque, evidentemente, no se habría sentido tan cómoda si estuvieran hablando de sexo.

Había deseado a aquel hombre como no había deseado a ningún otro en cuanto puso sus ojos en él. Y el deseo había hecho que olvidase sus principios en una explosión de descontroladas hormonas...

Pero el amor era algo muy diferente; el amor no tenía nada que ver con ese relámpago que te robaba la capacidad de pensar. El amor no tenía nada que ver con la química, ocurriría gradualmente y crecía con el paso del tiempo.

El deseo, por otro lado, estaba hecho de un material más fino. No perduraba y por eso podía mirar a Cesare ahora y sentir nada más que... no, no, mirarlo no era buena idea.

Y cuando los dos hombres se volvieron hacia ella, Sam se vio obligada a revaluar el poder del deseo.

¡Sus hormonas seguían activas!

Sabía que Cesare no podía verla, pero tenía la impresión de que estaba mirando dentro de su alma...

Su corazón latía con tal fuerza que apenas podía llevar aire a sus pulmones.

—No he venido a buscar trabajo.

Sus increíbles ojos, negros y rodeados de unas pestañas absurdamente largas, estaban dirigidos directamente a su cara, pero Sam sentía como si esa penetrante mirada estuviera leyendo sus pensamientos. Y como esos pensamientos incluían a un Cesare desnudo, era una sensación muy turbadora.

Él apretó los puños cuando esa vocecita, con su ronca y sensual resonancia, lo golpeó como una bofetada.

La había buscado, pero no había sido capaz de encontrarla. La mujer que había aparecido en su vida esfumándose y dejando sólo el aroma de su cuerpo en las sábanas para demostrar que no había sido un sueño...

Estaba allí, lo había encontrado. Y, como le pasó la primera vez, el simple sonido de su voz lo excitaba. Después del accidente su apetito sexual estaba en hibernación, pero había sido despertado por la propietaria de esa voz. Y cuando desapareció, inexplicablemente también había desaparecido el deseo.

Había vuelto.

—Déjanos solos, Tim.

El joven lo miró, sorprendido.

—¿Dejarte solo... con ella?

—Sí —sonrió Cesare, al notar su preocupación.

Sam tragó saliva. Se había preparado para el encuentro, pero no era aquello lo que esperaba. No sólo el aspecto de Cesare había cambiado, también sus maneras.

El Cesare Brunelli que conoció en Escocia estaba luchando contra sus propios demonios mientras intentaba acostumbrarse a lo que le había pasado. Estaba furioso, frustrado, sus maneras abrasivas y beligerantes.

Aquel hombre, con su aire de estudiada autoridad, no parecía haber experimentado un momento de duda en toda su vida.

–Te llamaré si estoy en peligro.

«¿Y qué haré yo si estoy en peligro?», se preguntó Sam. Porque ver a Cesare de nuevo había despertado un ejército de mariposas en su estómago.

«Esto es lo que yo quería», se recordó a sí misma. Aunque, de repente, estar a solas con Cesare Brunelli ya no le parecía tan recomendable.

–Espera un momento, Tim –dijo él entonces–. ¿Cómo es?

–¿Perdona?

–¿Es rubia de ojos azules, morena…?

Cesare ya sabía que era pequeña, de suaves curvas y piel aún más suave. Era una sorpresa para él reconocer cuántas veces había pensado en el rostro que había trazado con los dedos esa noche, ese rostro tan pequeño de barbilla decidida, nariz respingona y labios generosos. Pero era frustrante no saber el color de los sedosos mechones.

–Tiene los ojos azules, muy azules, y es pelirroja –dijo Tim. Aunque luego pareció avergonzado y miró a Sam con gesto de disculpa–. Perdone.

Ella sacudió la cabeza.

—No es usted el maleducado.

No, no lo era. Pero tampoco tenía un aura de sexualidad que hacía imposible que una mujer se relajase en su compañía.

El comentario hizo reír a Tim mientras salía del despacho y cerraba la puerta.

—Soy... —empezó a decir Sam.

Cesare inclinó a un lado la cabeza. El cabello rojo explicaba su temperamento y coincidía con la imagen mental que se había hecho de ella.

—Sé quién eres, *cara*. Y pareces haber impresionado favorablemente a Tim. Así que pelirroja y de ojos azules...

—No creo que el color de mis ojos sea relevante.

—Posiblemente no, pero como tú y yo nos conocemos íntimamente... claro que nunca hemos sido presentados.

—¿Cómo has sabido que era yo? Tú no podías...

Sam tragó saliva cuando Cesare dio un paso adelante, moviéndose con toda confianza, como si conociera el sitio de memoria. Y así debía de ser.

Si no lo supiera, jamás habría imaginado que era ciego.

—Puede que sea ciego, *cara*, pero no soy idiota.

«Pero yo sí», pensó ella al mirar su boca y recordarla sobre su piel...

Temblando, Sam se abrazó a sí misma para protegerse.

—¿Entonces cómo?

—Tienes una voz inolvidable.

Suave y ronca, con un timbre muy sexy. Cesare

apretó los labios, crispado. Como una irritante musiquilla, no había sido capaz de olvidar esa voz...
Ni a ella.

–Mucha gente tiene acento escocés.
Pero sólo ella tenía esa voz.
Ni por segundo había dudado que aquélla fuera la mujer con la que había pasado una noche en Escocia.
–Y tu perfume...
Cesare tragó saliva.
–Yo no uso perfume –dijo Sam.
Estaba tan cerca que podría alargar la mano para tocarlo... y sentía el deseo de hacerlo, pero se contuvo.
Aquello era una locura. No había ido allí para volver a perder la cabeza, pensó, intentando apartar los ojos de su cara. Pero no lo consiguió, aquel hombre era tan increíblemente atractivo.
–Y ahora la mujer misteriosa tiene un nombre... ¿Sam?
–Samantha, pero todo el mundo me llama Sam.
–Yo prefiero Samantha.
Estaba preguntándose cómo responder a ese reto cuando, sin previo aviso, él alargó una mano para tocar su cara y tuvo que cerrar los ojos cuando la punta de sus dedos rozó la curva de su mejilla.
–Así que eres real. Estaba empezando a pensar que te había imaginado. De no ser por los arañazos que tenía en la espalda, habría pensado que eras cosa de mi imaginación.
Sam, mortificada, se puso colorada hasta la raíz del pelo.

—Mira, supongo que estarás preguntándote qué hago aquí –ella misma había empezado a preguntarse lo mismo. Aquello era algo que podría haber hecho por correo, o por teléfono, a distancia.

«Pero entonces no lo habrías visto», le dijo una vocecita en su cabeza. «¿Y no era eso lo que querías?».

Cesare sacudió la cabeza.

—Supongo que quieres algo. Me gustaría pensar que es mi cuerpo, pero...

—No eres tan inolvidable –lo interrumpió Sam. Aunque las eróticas imágenes que aparecían en su cabeza le decían que estaba mintiendo.

—No era eso lo que decías entonces... «Perfecto, absolutamente perfecto» fue lo que dijiste, creo recordar. Y parecías tener una gran opinión sobre mis habilidades en la cama.

—Si fueras un hombre decente, no dirías esas cosas.

—No lo soy.

—¿No eres qué?

—Un hombre decente, *cara*. Claro que tampoco fueron mis elegantes maneras lo que hizo que te metieras en la cama conmigo, ¿verdad?

—¡No puedo creer que sintiera lástima de ti! –le espetó ella.

Cesare echó la cabeza hacia atrás, como si lo hubiera golpeado.

—¿Te acostaste conmigo porque te daba lástima?

Sam arrugó el ceño, volviendo al misterio que no había sido capaz de resolver a su entera satisfacción.

—La verdad es que no sé por qué lo hice. Siempre

he sido una persona sensata –le dijo, sacudiendo la cabeza–. Sabía lo que estaba haciendo. Sabía que era una locura, pero era como si…

La expresión hostil de Cesare desapareció.

–Tenías que hacerlo como tenías que respirar.

Sam levantó la mirada, perpleja cuando él expuso de forma tan acertada lo que había sentido.

–¡Eso es! –exclamó. Pero al darse cuenta de lo que había dicho, y a quién se lo había dicho, se puso a la defensiva–. Ya no siento lástima de ti.

La sonrisa de lobo, que dejó al descubierto unos dientes perfectos, hizo que Sam se preguntara si había sido demasiado sutil dándole a entender que la locura había pasado y ya no era tan vulnerable.

–Nos hemos olvidado de las formalidades, Samantha –le dijo, pronunciando su nombre como si estuviera saboreándolo–. Soy Cesare Brunelli… pero claro, tú ya sabes eso porque estás aquí. La cuestión es: ¿por qué estás aquí?

El porqué era algo que Sam seguía intentando entender.

–No sabía tu nombre cuando…

–Cuando te acostaste conmigo por compasión –terminó él la frase–. Aunque debo decir que lo escondías muy bien.

–No sabía quién eras hasta que vi una fotografía tuya en el periódico.

No podía creer que el hombre descrito como «el genio de las finanzas de su generación» pudiera ser el mismo hombre con el que había pasado la noche. Pero después leyó un breve párrafo en el que mencionaban el accidente que lo había dejado ciego y la consiguiente ruptura con su prometida, una bien conocida actriz.

−¿Y ahora has descubierto que sientes algo por mí?

Sam, sorprendida por la ironía, negó con la cabeza.

−No, yo…

−¿Lamentas haberte marchado mientras dormía?

−Eso fue… yo…

¿Cómo iba a explicarle que estaba demasiado avergonzada como para quedarse, que nunca antes había despertado al lado de un hombre y había sentido miedo?

−No hace falta que me des explicaciones. Entiendo que hayas cambiado de opinión.

−Lo dudo −murmuró ella.

−Pues no lo dudes. Sé por experiencia cómo cambia la actitud de la gente cuando descubren quién soy y el dinero que tengo.

Sam tardó unos segundos en entender el sarcasmo y, con los dientes apretados, lo fulminó con sus ojos de color azul violeta.

Un hombre que tenía una opinión tan triste de la naturaleza humana no iba a recibir la noticia de que iba a ser padre con alegría, evidentemente.

−Para tu información, a mí no me importa nada tu dinero.

Cesare se pasó una mano por el pelo, decepcionado. Aquella chica era igual que los demás, después de todo.

¿Qué querría de él?, se preguntaba.

Él nunca había sido un hombre que disfrutase de

un revolcón indiscriminado y consideraba a los que se marchaban en medio de la noche como unos maleducados. Y, por supuesto, no veía razón para aplicar otro criterio a las mujeres.

Por la mañana, al descubrir que se había ido, se puso furioso, pero se le pasó el enfado al darse cuenta de que ella le había dado algo sin pedir nada a cambio, lo cual en su mundo era muy poco frecuente. Por desgracia, ahora parecía ser como las demás.

–Sí, seguro que no te importa –murmuró, desdeñoso.

–Y si fuera tan cínica como tú... –Sam respiró profundamente para controlarse, haciendo un esfuerzo para continuar con más moderación–. No sabía quién eras entonces y la verdad es que me gustaría no haberlo sabido nunca. Pero estaba investigando para un artículo y vi tu foto...

–¿Investigando para un artículo?

–Trabajo para el *Chronicle*.

–¿Eres periodista?

–Sí... y bastante buena en mi trabajo, además.

–No lo dudo.

Su expresión irónica no dejaba la menor duda de que el comentario no era precisamente un elogio.

–Veo que no te gustan los periodistas.

Cesare sonrió, conteniendo la furia antes de responder con cierto desdén:

–Supongo que es un trabajo estupendo para alguien sin escrúpulos.

El reportero que había entrevistado a la familia de la niña a la que había sacado de un coche en llamas desde luego no tenía ninguno. Porque, sin la menor compasión, y mientras la niña estaba en estado crítico en el hospital, le había preguntado a los padres si se sentían responsables por la ceguera del hombre que la había salvado.

—Pero intento no generalizar y admito que la mayoría de los periodistas que conozco no se acostarían con alguien para conseguir un artículo jugoso –siguió–. Claro que debería haber sabido que no hay nada gratis...

Una bofetada resonó en el despacho, la fuerza del golpe haciendo que Cesare girase a un lado la cabeza.

Sam, avergonzada por lo que había hecho, se llevó una mano al corazón. Lo había visto todo rojo de repente...

Lo que ocurrió esa noche podría no haber significado nada para él, pero no tenía que trivializarlo o hacer que el asunto sonara como un sucio truco porque no lo había sido en absoluto. Y no iba a dejar que la insultara.

Sin embargo, ella nunca había pegado a nadie en toda su vida, no estaba en su naturaleza.

Como no estaba en su naturaleza acostarse con un hombre al que no conocía.

Aquel hombre la sacaba de sus casillas y unas lágrimas de frustración asomaron a sus ojos cuando se echó a reír.

—¿Qué te hace tanta gracia?

Llevándose una mano a la cara, Cesare se encogió de hombros en un expresivo gesto.

—Por fin he encontrado a una mujer que no hace concesión alguna a mi ceguera. Si no fueras una manipuladora y una mentirosa, podrías ser la ayudante personal perfecta. O incluso... –añadió, bajando la voz– la perfecta amante.

–¡Si eso es lo que estás buscando, entiendo que tengas tantos problemas para encontrar una candidata! –replicó ella–. Y también entiendo que tu prometida te dejara.

Sam lo vio inclinar a un lado la cabeza. No parecía herido por el comentario, pero ella se sintió culpable de todas formas.

–Estaba en el artículo que leí –admitió luego. Y, como todo el mundo, ni por un momento había pensado que la separación hubiera ocurrido antes del accidente que lo privó de la vista.

–Yo estaba en el pasillo cuando Candice... ¿habéis arreglado las cosas entre vosotros?

–¿Lo preguntas por interés profesional?

De nuevo, ese tono sarcástico tan irritante.

–Tu vida amorosa no me interesa ni profesionalmente ni de otra manera, pero lo lamento por ti.

¿Qué clase de mujer abandonaba a un hombre porque se hubiera quedado ciego?

Una mujer muy guapa, pensó, recordando a la rubia del vestido rojo. Sam había creído que la antipatía que sintió al ver la fotografía de la joven en el periódico era debida a su parecido con la chica con la que encontró a su novio en la cama. Pero ahora que había visto a Candice en persona debía reconocer que no le hacía justicia; en realidad era mucho más guapa y, curiosamente, más real era su antipatía.

La sinceridad que había en la disculpa hizo que Cesare arrugase el ceño.

–¿Qué es lo que lamentas?

–Que te dejase después del accidente –contestó ella–. Aunque lo entiendo, la verdad, porque eres insoportable. ¿Sabes una cosa? Ojalá me hubiera acostado contigo para conseguir un artículo. De ser así me sentiría menos tonta.

–Y si no era por el artículo, ¿por qué te acostaste conmigo?

Sam decidió ignorar la pregunta. Tenía práctica, llevaba ignorando sus propias preguntas durante las últimas doce semanas.

–¿Crees que yo haría público lo que pasó entre nosotros? ¿Crees que querría anunciarle al mundo entero que me acosté contigo? ¿Crees que quiero que mi familia y mis amigos lo sepan? Pues nada podría estar más lejos de la verdad. Me avergüenzo de lo que pasó.

Cesare, que había estado escuchando su diatriba con una expresión cercana al aburrimiento, levantó la cabeza, sorprendido, ante la última frase.

–¿Crees que el sexo es algo de lo que avergonzarse?

–¡El sexo contigo sí! He tenido otras relaciones… estuve prometida.

«No tendría por qué habérselo contado», pensó luego.

–¿Prometida? –repitió Cesare.

–¡Sí, prometida! Y, para tu información, tengo una actitud perfectamente sana con respecto al sexo aunque el día que nos conocimos todavía fuera… –Sam no terminó la frase al darse cuenta de que estaba hablando de más.

Pero no debería haberse molestado.

Capítulo 3

¿VIRGEN? –terminó Cesare la frase por él. Sam dejó escapar un estrangulado suspiro–. ¿Pensabas que no me habría dado cuenta?
—Lo esperaba, sí –Sam se mordió los labios.
—¿Para creer que no había ocurrido nada? ¿Quieres ser una virgen profesional? –se burló Cesare–. La próxima vez que decidas criticarme, *cara*, recuerda que tú eres la mujer equilibrada que prefiere el sexo anónimo con un extraño que acostarse con su prometido.
—¡Yo no prefiero el sexo anónimo!
—Entonces sabías quién era yo.
—No tenía ni idea. Y tú tampoco sabías quién era yo.
—No, desde luego. Y la definición del diccionario de sexo anónimo es: mantener relaciones carnales con alguien a quien no se conoce.
—Mira, no sé por qué le estás dando tanta importancia al asunto. Cualquiera que te oiga pensaría que te drogué o algo parecido –protestó Sam–. Ocurrió y no pienso enfadarme conmigo misma por ello. Y, para tu información, a mí me hubiera gustado mantener relaciones sexuales. Era Will quien no… –de nuevo, no terminó la frase, mortificada por haber hablado demasiado.

—¿Tu prometido no quería acostarse contigo? –preguntó Cesare.

Cualquier hombre que no hubiera querido acostarse con ella tenía que ser un imbécil.

—Se enamoró de otra persona y… mi vida personal no es asunto tuyo –replicó Sam.

—Ya, claro, dime qué más debo pensar. Apareciste de repente fingiéndote una chica de la limpieza… dices que no querías acostarte conmigo, pero al final lo hiciste.

—Yo no lo planeé. Fue un accidente… no sé, sexo por compasión.

Se arrepintió inmediatamente de haber dicho eso porque era mezquino, además de una mentira. Pero había veces en las que sólo funcionaba una mentira y ella estaba desesperada.

—Sí, por supuesto, *cara* –dijo él, irónico.

—Ah, ya. Hace un minuto era capaz de acostarme contigo para conseguir un artículo y ahora, de repente, me acosté contigo porque eres totalmente irresistible, ¿es eso? A lo mejor sólo sentía curiosidad. Nunca me había acostado con un ciego.

—Nunca te habías acostado con un hombre.

—Pues espero que eso te haga sentir especial –dijo ella, enfadada–. Y no entiendo por qué estás tan enfadado conmigo. A menos que sea porque te molesta que viera más allá de tu fachada de machito. No te preocupes, sé que lo que pasó no era nada personal.

—¿No era personal?

—Tú necesitabas a alguien y yo estaba allí.

Cesare arrugó el ceño, apartando de sí el recuerdo

de lo que había sentido cuando la tuvo entre sus brazos. Saber que era su primer amante lo había sorprendido, pero también lo había excitado, más de lo que hubiera podido imaginar.

–Es cierto que siempre ha habido cosas, *cara*, que prefiero no hacer solo... –la deliberada crudeza hizo que Sam se pusiera colorada–. Es una manía mía. Pero si estamos hablando de necesidades, yo diría que tú me necesitabas al menos tanto como yo a ti. ¿Vas a poner eso en tu artículo? ¿Ésta es una visita de cortesía para informarme de la inminente publicación? Cuéntame, ¿desde qué ángulo vas a contar la historia?

–¡Vete al infierno!

–Que es donde estaba cuando tú me sacaste al compartir tu delicioso cuerpo conmigo. Mira, ése podría ser un ángulo interesante: *Cómo salvé al millonario compartiendo generosamente mi cuerpo con él*. Pero debo decirte que sólo fue una noche de sexo, no fuiste mi salvación eterna.

Eso era algo que se había dicho a sí mismo en más de una ocasión.

–Créeme, no querría serlo –replicó ella.

–¿Por qué has venido entonces?

–Porque estoy embarazada –Sam lo había dicho sin pensar–. Estoy embarazada de doce semanas.

Cesare, que estaba estirándose la corbata de seda, se quedó inmóvil. Durante unos segundos no hizo nada en absoluto, incluyendo, o eso le pareció a Sam, respirar.

–¿Embarazada?

–Fue una sorpresa para mí, te lo aseguro.

El corazón de Cesare, y todo el mundo a su alrededor, parecían haberse detenido.

–¿Estás segura?

–¿Crees que habría venido a verte si no lo estuviera? ¡Pues claro que estoy segura! –exclamó ella, un sollozo escapando de su garganta.

–¿Estás llorando?

–No, no estoy llorando –a través de las pestañas mojadas, Sam vio que él se tapaba la cara con las manos–. Y no sé tú, pero yo no veo ninguna necesidad de hablar sobre cómo o por qué…

–Creo que los dos sabemos cómo y por qué.

–El porqué sigue siendo un misterio para mí, pero estas cosas pasan –Sam se mordió los labios, incómoda.

–No, a mí no.

–Bueno, a mí tampoco me había pasado hasta ahora.

–¿Y crees que no lo sé? –le espetó él. No sólo había dejado embarazada a una mujer, había dejado embarazada a una virgen. En algunas sociedades, ésa sería una ofensa capital.

–Mira, no te preocupes. Yo no espero nada de ti, sólo he venido porque me parecía mi obligación decírtelo… y ahora que te lo he dicho tengo que marcharme –Sam se colocó la bandolera del bolso firmemente al hombro.

–¿Te vas?

–Sí.

–Esto es irreal.

Ella lo entendía porque pensaba lo mismo.

–Sé que no es fácil de aceptar al principio, pero te

dejaré mi número de teléfono por si quieres ponerte en contacto conmigo.

Probablemente tiraría el número a la papelera en cuanto se hubiera ido, pensó, pero al menos habría hecho lo que debía hacer.

—¿Quién eres? —le preguntó Cesare entonces.

—Ya te lo he dicho, Sam Muir.

Él sacudió la cabeza, impaciente.

—No, quiero decir, quién eres... ¿por qué estabas limpiando la habitación esa noche? ¿Qué hacías en un helado castillo en medio de ninguna parte? —Cesare sólo había notado el frío cuando ella se marchó—. La mujer con la que hablé al día siguiente...

—Clare, mi cuñada. Yo le pedí que no... —Sam pudiera oír el estridente sonido de un teléfono a lo lejos y le pareció extraño que cosas normales ocurrieran en otros lugares del edificio mientras ella estaba experimentando el momento más extraño de su vida. No volvería a quejarse de cosas mundanas otra vez.

—¿Que no me dijera dónde estabas?

—Aunque no le hubiese pedido que fuera discreta, mi cuñada no habría dicho nada.

—¿Discreta? Se inventó no sé qué historia sobre una epidemia.

—No se la inventó, era verdad —suspiró Sam—. Mira, ya te he dicho que yo no voy por ahí acostándome con extraños y me marché porque... estaba avergonzada —recordaba la vergüenza que había sentido cuando despertó con la cara de un hombre entre sus pechos.

Lo recordaba todo con gran detalle: el calor de su

aliento, el sensual roce de su barba sobre la sensible piel.

Pero incluso llena de horror y vergüenza por lo que había hecho, no había podido resistir la tentación de pasar una mano por su pelo antes de apartarse.

–¿Entonces estás emparentada con la gente que lleva el castillo Armuirn? –preguntó Cesare.

Sam asintió con la cabeza, pero recordó después que él no podía verla.

–La familia de Clare, mi cuñada, es la propietaria del castillo. Había una epidemia de gripe en la zona y mi hermano estaba en cama, así que Clare no te mintió: yo les estaba echando una mano.

–El hombre del que me hablaste esa noche... Ian, ¿es tu hermano?

Sam no recordaba haber mencionado a Ian en absoluto.

–Sí, lo es. Clare y él tienen dos gemelos... pero bueno, supongo que eso a ti no te interesa.

Si aquel hombre no quería saber nada sobre su propio hijo, no iba a estar interesado en los hijos de un extraño.

–Tal vez deberías sentarte –dijo Cesare.

–No, estoy bien así.

–Entonces me sentaré yo.

Sam lo vio doblar su altísima figura para dejarse caer sobre una silla, como si de repente se hubiera quedado sin fuerzas.

El silencio se alargó durante unos segundos...

–Esto no puede ser una broma... ¿estás embarazada de verdad?

—Sí.

Cesare estaba un poco pálido pero, considerando la bomba que acababa de soltar, parecía tomárselo bastante bien... aparte de la vena que latía en su frente.

—¿Lo habías planeado?

—¿Perdona? —Sam se puso tensa.

La frialdad en su normalmente expresiva voz lo hizo entender que esa pregunta le había parecido un insulto y la frustración de no ver su cara era como un puñal en el pecho. Había habido muchos momentos amargos desde que perdió la vista; momentos en los que incluso tuvo que llorar de impotencia. Pero nunca lo había lamentado tanto como en aquel momento.

—¿Crees que lo tenía planeado?

—Es una posibilidad —dijo él, aunque sin mucha convicción.

—Sólo si tienes una mente retorcida. Pero no te preocupes, no quiero nada de ti. He venido a decírtelo porque me parecía que era lo que debía hacer.

—¿Lo que debías hacer?

—Si hubiera sabido que ibas a crear una teoría de la conspiración, no me habría molestado. Evidentemente, crees que todas las mujeres quieren quedar embarazadas de un hombre tan importante como tú... bueno, pues deja que te diga una cosa: a mí no me pareces una joya precisamente. A menos que te gusten los hombres cínicos y malvados...

—Ah, ahora soy cínico y malvado.

—Para tu información, si hubiera podido elegir al padre de mi hijo, no serías tú. Pero piensa lo que te dé la gana, me da igual.

Cesare oyó el ruido del picaporte y se dio cuenta de que Sam iba a marcharse. Otra vez. Y la rabia que sintió fue seguida por algo que se negaba a reconocer como pánico.

—Cásate conmigo.

Esa orden, porque no era un ruego, hecha con tono seco, arruinó su perentoria salida.

—Quieres reírte de mí, pero...

Cuando lo miró se dio cuenta de que no estaba riéndose. Ni siquiera estaba sonriendo. Ni un solo músculo de su cara se movía y los preciosos ojos castaños estaban concentrados en su cara.

Sam se dijo a sí misma que el peso que sentía en el pecho era compasión. La clase de compasión que sentiría por alguien que hubiera sufrido una tragedia.

—Pensé que habías dicho...

—Me has oído, Samantha.

La directora de su instituto era la única que la llamaba Samantha, pero ella no hacía que su corazón se acelerase.

—¿Estás proponiéndome que me case contigo?

—¿No era eso lo que tú querías? —Cesare, que se había quedado casi tan sorprendido como ella por la proposición, ahora veía que era la única salida—. ¿No es eso para lo que has venido aquí?

Sam abrió los ojos como platos.

—Nunca en un millón de años hubiera esperado eso... ni lo habría deseado. Mira, no sé si hablas en serio o...

—No es un tema sobre el que esté dispuesto a bromear, te lo aseguro.

A pesar de que se mostraba ofendido, Sam no estaba segura. La personalidad de aquel hombre, y los motivos que lo movían, eran un enigma para ella; algo irónico considerando que la conocía más íntimamente que cualquier otro hombre.

−¿Y no te parece que estás exagerando?

Como si las cosas no fueran ya bastante complicadas, tenía que añadir una idea absurda como ésa a la mezcla... y hacerla pensar en lo diferente que sería todo si lo que habían compartido no fuera sólo sexo.

−¿Ante una situación tan trivial como que vayas a tener un hijo mío? −le espetó él.

−Un hijo nuestro −le recordó Sam. Su repentina actitud posesiva era algo que la hacía sentir incómoda.

−Yo tengo una idea un poco anticuada sobre la familia.

−E imagino que tu novia también la tendrá −dijo ella−. Mira, yo no estoy tratando el asunto como algo trivial, sólo estoy intentando ponértelo fácil. No pienso hacer ninguna demanda, no voy a exigirte nada.

−Deberías hacerlo −murmuró Cesare−. ¿Y a qué novia te refieres?

−A Candice.

−Candice no tiene por qué preocuparte.

−Pero supongo que ella tendrá algo que decir sobre este supuesto matrimonio, ¿no?

Y probablemente en voz alta, además. Para esa gente, la publicidad era una forma de vida. Para Sam, la idea de que su vida personal se convirtiera en moneda de cambio en las columnas de cotilleos era algo impensable.

–¿Qué tiene esto que ver con Candice?

–Más que conmigo, supongo –dijo Sam, sorprendida por el desinterés que mostraba por su ex amante. Aquel hombre era tan despiadado en su vida personal como en los negocios.

–No digas tonterías.

–¿Yo digo tonterías? –rió ella, llevándose una mano al pecho–. No he sido yo quien ha dicho que deberíamos casarnos. ¡Pero si no sabías mi nombre hasta hace diez minutos!

Aquella situación era absolutamente irreal. Pero lo más horrible era que, durante un segundo, casi había empezado a considerar la idea.

–Pero yo sabía otras cosas sobre ti, Samantha.

La inferencia sexual hizo que se ruborizase.

–No me conoces en absoluto.

–¿Tienes miedo de que un hombre ciego no pueda ser un buen padre?

Pensar en las muchas cosas que nunca podría hacer lo atormentaba. Y saber que nunca vería la cara de su hijo era como un cuchillo en su corazón.

–Que seas ciego no tiene nada que ver –dijo Sam–. Dicen que las mujeres se sienten instintivamente atraídas por los machos alfa para tener hijos y como tú eres el macho más alfa del planeta...

–Un hombre que necesita ayuda para cruzar la calle no puede proteger a su hijo del peligro.

El corazón de Sam se encogió al reconocer el miedo y la duda que había bajo esa fachada de seguridad.

—Ser ciego no te convierte en un mal padre o en un mal ejemplo –le dijo. Al contrario que acostarse con actrices rubias de largas piernas, en su opinión–. No tiene nada que ver con la situación... aunque si tú hubieras sido capaz de ver, nada de esto habría pasado.

—Quieres decir que yo no hubiera estado en Escocia esa noche.

—Quiero decir que habrías podido verme y no soy tu tipo.

Por un segundo deseó no haber dicho nada y dejar que Cesare siguiera teniendo una imagen irreal de ella pero, por tentador que fuera, no podía hacerlo.

—Creo que deberías dejar que yo juzgara eso. Además, he visto tu cara con mis dedos.

—Pues entonces podrías hacer lo mismo con tu hijo.

—Sí, es cierto.

—Tengo pecas.

—Ah, muy bien.

—Muchas pecas –insistió Sam.

—Eso, por supuesto, lo cambia todo –sonrió Cesare. Pero luego su expresión se volvió solemne–. ¿Ese prometido tuyo, el que te engañó, te ha dejado tan mala opinión de ti misma?

—¡No! Yo nunca estuve enamorada de Will.

¿Y por qué estaba compartiendo con él algo que ella misma había tardado meses en descubrir?

—Es posible que no seas mi tipo, pero no por el aspecto físico. No eres mi tipo porque eres muy complicada.

Esa acusación la dejó sin habla.
—¿Yo, complicada?
—Sí, tú. Y tampoco suelo tener relaciones con mujeres que necesitan que se les diga lo guapas que son.
—¡Yo no…!
—Y no suelo tener relaciones con mujeres que no pierden una oportunidad de señalar mis defectos.
—Y, sin embargo, aún sigues dispuesto a casarte conmigo –replicó Sam, irónica–. Mira, estoy segura de que tú podrías ser un buen padre, ciego o no, pero serías un marido espantoso y yo no quiero estar casada con un hombre que no me quiere.
—Ah, ya veo, el amor lo conquista todo –dijo él, sarcástico.
—Tal vez no, pero a pesar de mi aparente falta de autoestima, yo no voy a conformarme con un segundo plato.

Cesare, sorprendido aún por ser llamado «segundo plato», oyó que se abría la puerta y los recuerdos que había estado intentando contener aparecieron en la superficie con impía claridad para torturarlo. Recordaba haberla sentido temblar cuando trazaba la curva de su cadera con los dedos o cuando acariciaba sus delicados pechos con la boca. Y recordaba oírla suplicar que no parase mientras besaba su garganta donde estaba el eco de su pulso…

Qué ironía; la única mujer con la que se había acostado pero a la que no había visto y tenía de ella un recuerdo más vívido que de ninguna otra.

Y estaba a punto de desaparecer otra vez.

Con los dientes apretados, Cesare se levantó de la

silla. Estaba a punto de lanzarse hacia la puerta cuando se detuvo. ¿Qué demonios iba a hacer?

La maldita pelirroja volvía a escapar. Que ella saliera corriendo y él la siguiera no era lo más sensato para un hombre que quería mantener cierta ilusión de control.

Con el rostro ensombrecido, Cesare se dio la vuelta para dejarse caer de nuevo sobre la silla.

Capítulo 4

EMPEZÓ a llover justo cuando el taxi se detuvo. Sam tardó sólo unos segundos en subir al coche, pero cuando cerró la puerta estaba empapada.

Mientras miraba por la ventanilla empezó a pensar en aquel fin de semana en Escocia... también había llovido esa noche.

Sam no había leído nada siniestro en las oscuras nubes, no sabía que su vida estaba a punto de cambiar para siempre mientras conducía el Land Rover por el camino de grava que llevaba al castillo de Armuirn.

Sencillamente, le estaba haciendo un favor a su hermano y su cuñada y en lo único que pensaba era en un buen baño caliente. No había anticipado que limpiar las casitas de invitados que rodeaban el castillo sería tan agotador. Y tampoco tenía intención de decirlo en voz alta para confirmar la opinión de su hermano de que la vida en la ciudad la había vuelto blanda.

Cuando llegó al castillo inclinó un poco la cabeza para mirar las altas torres. El edificio, de piedra gris, podía verse desde muchos kilómetros y había sido el hogar de su cuñada cuando era pequeña, pero ahora

Ian y Clare vivían en una granja cercana y habían convertido el edificio, y las casitas que lo rodeaban, en un hotel rural.

Sam sacó una enorme cesta que contenía los productos de limpieza, pensando que usar un plumero no era precisamente su idea de cómo pasar unas buenas vacaciones. Pero no podía irse de excursión por las montañas cuando una violenta epidemia de gripe tenía a su hermano y a la mitad de los empleados en cama.

Aunque había dicho estar dispuesta a hacer lo que fuera, se había alegrado cuando el «lo que fuera» no consistía en cuidar de los gemelos de su hermano. Adoraba a sus sobrinos, pero la responsabilidad de mantener a la pareja entretenida y a salvo de todo peligro no era algo que le apeteciese en aquel momento.

Afortunadamente, Clare le había pedido que limpiase las casitas de invitados y, si tenía tiempo, que fuera a llevar la compra a la cocina del castillo.

Pero cuando le preguntó si también debía limpiar el polvo, su cuñada le había dicho que no. Por lo visto, el hombre que había alquilado el castillo para el verano no quería que lo limpiasen.

De hecho, no quería nada más que estar solo.

—¿Cómo es ese hombre?

—No me preguntes a mí, yo no lo he visto. Y creo que Ian tampoco. La reserva se hizo por Internet.

—Pero alguien tiene que haberlo visto —dijo Sam. Aquélla era, después de todo, una comunidad pequeña donde todo el mundo conocía a todo el mundo.

—Hamish lo vio, creo, bajando de un helicóptero.

—¿Bajando de un helicóptero? ¿Y cómo era?
—Me dijo que era alto.
—Ah, cuánta información –rió Sam.
—Nadie lo ha visto desde entonces. Se aloja en el castillo y no va al pueblo para nada. Deja la lista de cosas que necesita en la puerta cuando vamos a cambiar las sábanas, pero nada más.
—A lo mejor es un fugitivo –murmuró Sam–. A lo mejor está huyendo de la ley. O es una estrella de cine en medio de un escándalo.
—No, seguramente será un ejecutivo estresado que ha venido a pescar. Pero sea quien sea ha alquilado el castillo durante seis meses y ha pagado por adelantado, así que puede ser todo lo invisible que quiera –contestó su cuñada.
—¿Y ese hombre misterioso tiene un nombre?
—No me acuerdo… es extranjero, italiano, me parece.

Cuando Sam llegó al castillo para dejar las cosas en la cocina, su interés por el extraño había desaparecido. Estaba agotada. Había hecho veinte camas y pasado la aspiradora por diez habitaciones… por no mencionar los cristales y los cuartos de baño. Lo único que quería era volver a la granja y tumbarse en el sofá.

No había ni rastro del cliente antisocial y ninguna respuesta cuando asomó la cabeza en la cocina. Claro que estaba a oscuras, las persianas bajadas. Sam dejó la bolsa con la compra en el suelo y encendió la luz...

—¡Dios mío! –exclamó, horrorizada. Aquello era un completo desastre, una zona de guerra llena de platos y vasos sucios. No había una sola superficie limpia. Un rápido examen a la nevera, donde Clare le había dicho que dejase las cosas, reveló que la mayoría de los productos frescos estaban pasados de fecha... algunos criando brotes incluso.

Sam, pensando con pena en el baño caliente y el sofá con los que había soñado, se remangó la blusa. Ella no era una fanática de la limpieza, pero aquello era intolerable.

Si el cliente no quería que limpiasen el castillo, era su problema, pero no iba a dejarlo así. Por higiene.

Media hora después, la cocina no haría sonreír a un inspector de Sanidad, pero había mejorado bastante. Cruzando los brazos, Sam asintió, satisfecha, mientras dejaba la última botella vacía en el contenedor de reciclaje.

—Espero que me lo agradezca.

—¿Quién demonios es usted y qué está haciendo aquí?

Ella dejó escapar un grito cuando dos manos se posaron sobre sus hombros para darle la vuelta.

Encontrándose cara a cara con el botón de una camisa de pana, levantó los ojos para ver a la persona cuyos dedos se clavaban en su carne y que, evidentemente, no le estaba agradecido en absoluto. Y se encontró mirando al hombre más guapo que había visto en toda su vida.

Sabía que estaba mirándolo como una tonta, pero no hubiera podido evitarlo aunque su vida dependiera de ello.

Era alto, mucho más de metro ochenta y cinco, y

parecía fuerte; pero no como esos hombres que iban al gimnasio todos los días para presumir de músculos. No, era más bien fibroso. Tenía un color de piel mediterráneo y el pelo negro, ondulado, un poco demasiado largo. La estructura ósea de su cara era perfecta, con pómulos altos, nariz aquilina y una sombra de barba que le daba aspecto de pirata. En resumen, un hombre muy masculino.

Lo menos masculino eran esas pestañas larguísimas y la curva de sus labio inferior, compensada por la firmeza del superior; el efecto tan sensual que le provocó un estremecimiento.

Y cuando lo miró a los ojos tuvo que buscar aire. Eran tan oscuros que parecían negros y, mirándolos, sentía como si estuviera cayendo a un precipicio...

Pero se recordó a sí misma el desbarajuste de la cocina.

–Debería estarme agradecida –le espetó, girando la cabeza para mirar fijamente las manos que seguían sobre sus hombros. Él, sin embargo, no pareció entender la indirecta y no era gratitud lo que había en sus facciones, sino furia–. ¿Le importaría soltarme de una vez?

Un segundo después el extraño aflojó la presión, aunque no apartó las manos.

–¿Quién es usted?

Sam tragó saliva. Lo que sabía era quién *no* era. No era una mujer que se quedara mirando a un hombre de esa forma. Y, definitivamente, no era una mujer que se sintiera atraída por el peligro. Pero si algún hombre representaba un peligro, era aquél.

Mirándolo sentía algo que hubiera preferido no

sentir. Nunca en su vida un hombre había provocado una reacción así en ella.

La asustaba y la repelía pero, al mismo tiempo, sentía una vergonzosa excitación. Nunca en sus veinticuatro años había experimentado algo tan primario.

—Hable o...

—¡Suélteme! —gritó Sam, empujándolo.

—*Dio mio!* —exclamó él—. ¿Quiere dejar de moverse? ¿Se puede saber qué hace aquí?

—Había venido a dejar las cosas en la cocina y a cambiar las sábanas...

—¿Es la chica de la limpieza? —la interrumpió él.

No parecía convencido, pero era un alivio comprobar que, aunque seguía mirándola con desconfianza, parte de la hostilidad había desaparecido.

Sam dio un paso atrás, sus piernas chocando contra la mesa que había en el centro de la habitación y en la que tuvo que apoyarse, nerviosa.

—No, soy una ladrona de joyas de renombre internacional y suelo anunciar mi llegada cambiando las sábanas de los clientes —replicó, sarcástica.

Incluso a un metro, aquel hombre era demasiado impresionante. Sabía que no estaba en peligro físico, pero su estabilidad emocional era otra cosa. Cada vez que lo miraba tenía que tragar saliva y lo que le pasaba a su cuerpo no podía ni examinarlo porque se sentía avergonzada de su reacción ante aquel hosco y antipático italiano con boca de pecado.

«Por favor, muestra un poco de dignidad», se dijo a sí misma.

—Pues claro que he venido a limpiar. ¿Le parece que vengo vestida para ir a una fiesta?

El hombre clavó en ella su mirada, sin parpadear.

—No hueles como una chica de la limpieza.

—¿Y cómo huelen las chicas de la limpieza?

—No lo sé, como tú, seguramente. Nunca había abrazado a una como si fuera una amante.

El comentario hizo que Sam carraspease, nerviosa.

—Pues entonces es que no ha vivido nada.

—Un pensamiento tentador –dijo él.

—No era una invitación –replicó Sam.

—Entonces, ¿no es usted parte de los servicios que ofrece el castillo?

—No, yo no cobro por mis besos, sólo por pasar la escoba. Y sólo beso a la gente que me gusta.

El extraño miró hacia la ventana, aparentemente aburrido con la conversación. Sam estaba acostumbrada a que los hombres no la encontrasen particularmente atractiva en el aspecto sexual, pero la mayoría no actuaban como si fuera invisible.

El silencio se alargó y, cuando el extraño habló por fin, Sam se llevó un sobresalto.

—No está bien despertar expectativas en un hombre para luego aplastarlas –le dijo–. Así que, señorita de la limpieza, puede tomar su escoba y su plumero e irse a casa. Los gerentes del castillo han sido informados de que no necesito servicio de habitaciones.

Sam estuvo tentada de marcharse, pero Ian y Clare ya tenían bastantes problemas como para enfrentarse con las quejas de un cliente.

—Me lo habían dicho, pero está equivocado.

—¿Estoy equivocado?
—Usted me necesita.
—Parece muy segura de su habilidad para satisfacer mis necesidades...
—No tiene por qué ser grosero –lo interrumpió ella–. Y, además, prefiero no pensar en *sus necesidades*. Lo que quería decir es que necesita el servicio de habitaciones... a menos que piense comer con los dedos, porque la cocina estaba hecha un desastre.
—¿Y debo darle las gracias? Yo sabía dónde estaba todo.
—Ah, ya veo. ¿Quiere que tire las botellas vacías por la habitación para que se sienta como en casa?
—Puedo alargar la mano y tocar todo lo que necesito –el extraño hizo un gesto circular con las manos y, sin darse cuenta, rompió uno de los vasos recién fregados que Sam había dejado en la encimera. El inesperado estruendo de cristal sobresaltó tanto a Sam que dejó escapar un grito.
Y luego se quedó boquiabierta al darse cuenta de que lo había hecho deliberadamente.
—Supongo que ahora esperará que lo limpie. Pues si es así, está muy equivocado.
—No necesito que haga nada –replicó él, con los dientes apretados–. Yo soy más que capaz de... –furioso, dio un golpe sobre la encimera con la palma de la mano.
—Sí, desde luego, se nota que es muy capaz –dijo Sam, irónica–. ¡Dios mío, se ha cortado! –exclamó entonces–. Será tonto, mire lo que ha hecho...
—No es nada.

—Ha golpeado los cristales... ¿está ciego o qué?
—Lo estoy.
—Muy gracioso –empezó a decir Sam. Pero cuando levantó la cabeza comprobó que él estaba mirando la pared. Y su exasperación fue reemplazada por el horror al darse cuenta de la verdad: no era una broma absurda, era cierto.
—No puede ver... es usted ciego. Lo siento, no me había dado cuenta –se disculpó.
Pero él apartó su mano cuando intentó tocarlo.
—Déjeme, no necesito su compasión.
Sam miró las gotas de sangre que estaban cayendo al suelo y tuvo que apretar los dientes.
—Lo entiendo.
—¿Qué es lo que entiende?
—Que está enfadado conmigo porque lo he visto... vulnerable. No se preocupe, no voy a contárselo a nadie. Es evidente que está enfadado con el mundo, pero el hecho es que está ciego...
—¿Cree que necesito que una chica de la limpieza me lo recuerde?
Sam apretó los dientes y siguió como si no la hubiera interrumpido groseramente:
—Puede seguir ignorándolo si quiere pero, igual que los platos sucios, eso es algo que no va a desaparecer. Así que, si me permite que haga una sugerencia: ¿por qué no deja de actuar como un tonto y acepta la realidad? Sí, ya sé que no es justo, pero, oh, horror, la vida no es justa.
—Esto no es asunto suyo.
—No, ya lo sé. Y a mí me da igual. Pero no creo que su familia y sus amigos, la gente que le quiere,

piense lo mismo. Ahora mismo estarán preocupados por usted...

Habría una esposa o una amante en alguna parte, seguro. Un hombre con su aspecto, un hombre que proyectaba una especie de campo de fuerza y sexualidad como él, no podría vivir como un monje.

El estúpido seguramente pensaría que estaba siendo noble y fuerte apartándose de todo para alojarse solo en un castillo medieval en medio de ninguna parte. Era demasiado testarudo y orgulloso como para admitir que necesitaba ayuda.

—Y mientras tanto —siguió Sam— usted está aquí solo lamiéndose las heridas. Es un egoísta y un cobarde.

Había un gesto de total incredulidad en las facciones del extraño mientras inclinaba a un lado la cabeza para clavar sus ojos en ella.

A Sam le parecía imposible que no pudiese verla.

—¡Cobarde!

Ella estuvo a punto de dar un paso atrás. Porque sabía que los animales heridos solían ser los más peligrosos. Y había algo impredecible y amenazador en aquel hombre.

Si tuviera una onza de sentido común, saldría por la puerta para no volver, pero no lo hizo. ¿Por qué le importaba tanto?, se preguntó. La adrenalina que recorría sus venas podía ser una pista. Sam arrugó el ceño porque no le gustaba nada esa conclusión... ni los sentimientos que el extraño despertaba en ella.

De modo que levantó orgullosamente la barbilla, aunque sabía que él no podía ver el gesto.

—No me importa por qué esté aquí, pero no hay

que ser un genio para ver que no ha venido a pasear o a pescar. Y tampoco parece alguien en busca de paz espiritual.

Si lo era, había tomado el camino equivocado, pensó.

—Habla con mucha pasión para ser alguien que no tiene interés en el asunto. ¿Sabe una cosa? En mi experiencia, la gente que necesita meterse en la vida de los demás frecuentemente es que carece de una vida propia.

—Ah, ya veo. Dicen que el ataque es la mejor defensa —replicó ella, irónica—. Pero yo soy muy feliz. No todo el mundo necesita un hombre para llenar su vida.

Sam se mordió los labios al darse cuenta de que había hablado más de la cuenta.

—Además, no estamos hablando de mi vida.

—Aunque seguro que es fascinante —dijo él.

Ese comentario desdeñoso hizo que Sam tuviera que luchar para controlar su antipatía, que crecía por segundos.

—Si sigue sangrando así, a usted no le va a quedar mucho de vida. Ian tiene un botiquín en el Land Rover, voy a buscarlo.

—No necesito una enfermera.

—Le aseguro que no lo soy, pero haré lo que pueda.

—¿Quién es Ian?

Con la mano en el picaporte, Sam lo miró por encima del hombro.

—El propietario del castillo.

—¿Llama a su jefe por el nombre de pila?

—Aquí nos llevamos todos muy bien —Sam se encogió de hombros. El tono del extraño sugería que él no trataría a sus subordinados con tanta familiaridad. A pesar de su aspecto descuidado, parecía un hombre acostumbrado a dar órdenes–. Y usted se llevaría bien con Ian. También él piensa que no tengo vida propia.

Las tácticas casamenteras de su hermano nunca habían sido nada sutiles, pero lo que Ian y otras personas preocupadas por el asunto no tenían en cuenta era que no se había lanzado de cabeza al trabajo porque su prometido la hubiera dejado por otra mujer.

Se había lanzado de cabeza al trabajo, olvidándose de todo lo demás, porque le gustaba.

Ya había olvidado a Will. Ni siquiera estaba enfadada con él. Estaba enfadada consigo misma porque, en el fondo, siempre había sabido que no la quería. No era el respeto lo que impedía que se acostase con ella antes de casarse, como decía, sino una total falta de interés.

Y cuando había visto la clase de mujer que le gustaba entendió por qué. Gisela, la belleza nórdica a la que había conocido y con la que se había casado en el espacio de dos semanas, medía un metro ochenta y tenía un cuerpo por el que se volvería loco cualquier hombre.

Aún mirando por encima del hombro, Sam vio al italiano tomar un paño para limpiarse la herida.

–A mí me da igual que quiera esconderse aquí como un recluso barbudo –le dijo, con aparente indiferencia. Claro que, si él hubiera podido ver su cara, se habría dado cuenta de que no era verdad.

Pero no podía.

De nuevo, sintió una ola de compasión por el extraño. Pero se había dado cuenta de que esa compasión sólo lo haría más obstinado y menos colaborador, de modo que intentó disimular.

—Voy a limpiar esa herida le guste o no.
—¿Recluso barbudo?

Sam casi sonrió cuando él levantó una mano para tocarse la cara, como sorprendido al comprobar que tenía barba de varios días. Era irónico en realidad. Había tantos hombres por ahí que buscaban esa imagen de barba descuidada, y aquel hombre la conseguía sin intentarlo siquiera.

—Llámeme egoísta, pero sería malo para el negocio que volviera a casa en un ataúd y este castillo es el único sitio que ofrece puestos de trabajo en muchos kilómetros a la redonda.

—Entonces quiere limpiarme la herida para que no afecte a la economía local, no porque sea un ángel.

—Si esa mala educación es un mecanismo de defensa para mantener a la gente a distancia, debo decirle que funciona –replicó Sam.

Y entonces el italiano hizo algo que la dejó totalmente sorprendida: sonrió. Una sonrisa que revelaba unos dientes blanquísimos y unas preciosas arruguitas alrededor de los ojos.

Se quedó sin aliento al ver la transformación. Era guapísimo.

Él completó la transformación echando hacia atrás la cabeza para lanzar una sonora carcajada. El sonido era profundo, masculino y muy atractivo.

—Tiene la lengua muy sucia, jovencita.

Había cierta admiración en su tono y a Sam le pareció más turbadora que su hostilidad. Consternada, abrió la puerta y sólo cuando llegó al patio se dio cuenta de que había estado conteniendo la respiración.

Capítulo 5

LAS PRIMERAS gotas de lluvia empezaban a caer del oscuro cielo mientras Sam corría hacia el Land Rover para buscar el botiquín. Había esperado que la tormenta se desatara cuando ella ya estuviese en la granja porque un incidente de la infancia la había dejado con un miedo irracional a los truenos, pero no iba a tener suerte. Además, la lluvia hacía que la carretera, llena de curvas, fuese un verdadero peligro.

Casi sintió la tentación de subir al coche y delegar la tarea de curar la herida de aquel desagradecido a otra persona. Pero no volver sería como admitir que temía los sentimientos que aquel hombre despertaba en ella.

La cocina, con su chimenea y su suelo de piedra, era casi tan grande como un establo y, a pesar de eso, Sam sentía como si las paredes se cerrasen a su alrededor. El extraño hacía que cualquier espacio pareciese diminuto.

–¿Quiere sentarse? –le preguntó.

Era una invitacion que la propia Sam hubiese querido aceptar porque le temblaban un poco las rodillas.

Y la expresión del extraño era tan hosca como antes mientras alargaba el brazo hacia ella.

–*Dio mio!* Vamos, limpie la herida si tanto interés tiene.

–¿Ése es el encanto italiano del que tanto he oído hablar? –la irónica sonrisa de Sam desapareció al ver la herida en la palma de la mano–. Oiga, tiene que ir a un médico. Puede que tengan que darle puntos y...

–Lo que necesito es un poco de tranquilidad, así que póngame una tirita o váyase.

Sam suspiró mientras limpiaba la herida con antiséptico, el silencio puntuado sólo por el sonido de la lluvia golpeando los cristales.

–Se avecina una buena tormenta.

Ella dio un respingo cuando un relámpago iluminó la cocina.

–¿Qué le ocurre?

–Nada... que no me gustan las tormentas –en la distancia, Sam podía escuchar el retumbar de los truenos.

–Está muy cerca.

–Ya me había dado cuenta –suspiró ella–. Perdone si le he hecho daño –añadió luego, poniéndole una tirita–. Bueno, ya está. ¿Quiere que llame a alguien?

–Me gustaría...

En ese momento, un trueno retumbó con tal violencia que Sam soltó el botiquín que tenía en la mano, asustada. Pero unos segundos después no pudo ver nada porque se fue la luz y la cocina quedó en total oscuridad.

–Cálmese, no pasa nada.

–¡Se ha ido la luz!

Sólo podía ver su sombra, pero no los detalles de su rostro.

—Se fue para mí hace cinco semanas.

Sólo cinco semanas. Sam abrió mucho los ojos y, por un momento, se olvidó de la tormenta.

—¿Fue algo gradual o…?

—¿Quiere decir si tuve tiempo de practicar con el bastón y el Braille? No, no lo tuve. Fue un efecto secundario de la operación después de un accidente —le explicó él—. Lo bueno es que yo soy el hombre que cualquiera querría tener a su lado cuando se va la luz. ¿Te da miedo la oscuridad, ángel mío? —le preguntó, tuteándola por primera vez.

—¿Y a ti? —Sam alargó la mano para tocar su cara, deslizando los dedos por los contornos, intentando convertir el mensaje táctil en una imagen.

¿Era así como veía él?

¿Vivía con el miedo a la oscuridad a la que ahora tenía que enfrentarse cada día? La idea de un mundo a oscuras hizo que se le encogiera el corazón y, sin pensar, sin darse cuenta de lo que hacía, tomó su cara entre las manos y lo besó con una ferocidad nacida no sólo del deseo, sino de la compasión.

Él no reaccionó inmediatamente y durante esos segundos Sam deseó que se la tragara la tierra. Pero entonces respondió, besándola con la desesperación de un hombre hambriento.

—A veces —se oyó decir a sí misma cuando el beso terminó— me da miedo casi todo.

Pero nada en su vida la asustaba tanto como el deseo que sentía en los brazos de aquel completo extraño.

—Lo escondes bien.

Tal vez. Pero Sam no pudo esconder el escalofrío que sintió cuando él metió una mano bajo su blusa, los largos dedos masculinos deslizándose por su espalda. Ni siquiera lo intentó.

Y cuando inclinó la oscura cabeza para buscar su boca de nuevo, abriendo los labios con su lengua, le devolvió el beso sin pensárselo dos veces. Después, tomó su cara entre las manos para pasar un dedo por sus labios, hinchados de los besos.

—*Dio mio*, ha pasado tanto tiempo.

Sam, temblando, susurró:

—No has perdido tu habilidad, te lo aseguro.

Él levantó las cejas, esbozando una sonrisa.

—Hace tiempo que no estoy con una mujer.

Esas palabras enviaron una nueva ola de calor por todo su cuerpo.

—¿Y me deseas?

La electricidad del silencio que siguió a esa pregunta contrastaba con la tormenta que se había desatado fuera. Cuando por fin habló, su voz era más ronca que antes:

—¿Tú qué crees? —agarrando su trasero, la apretó contra él para que pudiera sentir con qué fuerza la deseaba.

Un gemido escapó de la garganta de Sam al sentir el roce contra su vientre.

—¿Y tú a mí, *cara*? —sin esperar respuesta, él le quitó la blusa y alargó las dos manos para desabrochar el sujetador.

Pero Sam, de repente, recuperó el sentido común y negó con la cabeza.

—No, aún no.

—Para ti también ha pasado mucho tiempo, ¿verdad? —susurró él. Le temblaba la voz, como temblaba todo su cuerpo de deseo mientras buscaba sus labios de nuevo.

Sam se quedó sorprendida cuando, sin soltar sus caderas, se puso de rodillas y, colocando una mano en su espalda, la empujó hacia él.

—¿Qué estás...? —no pudo terminar la frase porque, de repente, sintió el roce de su lengua a través de la seda del sujetador. Sam echó la cabeza hacia atrás, la erótica caricia enviando una ola de calor hasta su pelvis—. Oh, Dios...

No reconocía su propia voz. Le daba vueltas la cabeza y no podía concentrarse en nada. Estaba encendida, cada célula de su cuerpo buscando las caricias de aquel hombre. Y pensó que no podría soportarlo más. Pero quizá esa frase no estaba en su cabeza, quizá lo había dicho en voz alta porque él dejó escapar un gruñido.

—Yo tampoco, *cara* —dijo, tomándola en brazos, sus grandes manos apretando su trasero.

Sam le echó los brazos al cuello para besarlo en la boca. Sabía a whisky... y entonces recordó las botellas vacías.

—¿Estás borracho?

—Ésa sería una excusa. Pero no, no lo estoy. Aunque tampoco creo estar totalmente cuerdo —dijo él, buscando sus labios de nuevo—. Qué bien sabes. ¿Todos los ángeles saben así de bien?

—No pares —le rogó ella, enredando los dedos en su pelo.

–No lo haré… no puedo –algo en su voz daba a entender que la situación era incomprensible para él.

Ya eran dos, pensó Sam, agarrándose a su cuello mientras subía los peldaños de la escaleras de dos en dos, sujetándose con una mano a la barandilla. Lo hacía como si no pesara nada.

Un relámpago iluminó el dormitorio cuando acababan de entrar y, sin decir nada, él la tumbó sobre la cama. De nuevo, la oscuridad se había cerrado sobre ellos, pero Sam recordaba el deseo que había visto en su rostro.

Mientras le quitaba el resto de la ropa lo oyó jadear, excitado… y para entonces Sam ya había dejado de respirar.

Recordó haber leído en alguna parte que las inhibiciones de una persona se liberaban en la oscuridad. Y tenía que ser cierto porque, de repente, Sam tomó su mano para ponerla sobre el triangulo de rizos entre sus piernas, urgiéndolo a tocarla.

–Yo no soy así –susurró, cuando él deslizó dos dedos en su interior. Pero estaba encendida, derritiéndose, arqueándose hacia su mano…

–Pues seas quien seas, *cara*, eres lo mejor que me ha pasado en mucho tiempo.

Sam dejó escapar un grito de protesta cuando se apartó de ella, pero volvió unos segundos después y su ropa había desaparecido. El contacto pie con piel la hizo sentir un escalofrío y también pareció despertar su instinto natural. Un instinto desconocido para ella.

–Eres tan guapo –musitó, poniendo una mano sobre su torso–. Me gustas mucho…

Era liberador y excitante acariciar su piel desnuda y notar cómo contenía el aliento cuando deslizó la mano hacia abajo. Aquel cuerpo masculino la fascinaba.

Con los ojos cerrados, respirando con dificultad por tal atrevimiento, Sam dejó que su mano rozase...

Cuando se apartó de golpe, él soltó una carcajada.

–Te he dicho que había pasado mucho tiempo. Y *eso* es lo que me haces, cariño.

Colocándose encima, la dejó sentir su erección sobre el vientre y luego, tomando su mano, la puso sobre el duro miembro. Y Sam tuvo que contener un grito.

–Eres increíble...

Esta vez fue él quien se apartó, ahogando su gemido de protesta con los labios. Mientras se besaban con enfebrecida desesperación, sus cuerpos apretados el uno contra el otro como si quisieran ser uno solo, Sam sintió algo que no había sentido nunca y a lo que no podía poner nombre cuando él metió una rodilla entre sus piernas y empujó hacia arriba... un grito escapó de su garganta en el momento de la íntima invasión.

Él le hablaba en voz baja. Sam no sabía lo que estaba diciendo porque no hablaba italiano, pero sonaba muy bonito. Y era maravilloso estar así porque, aunque más o menos sabía lo que seguiría después, estaba deseando vivirlo *personalmente*.

De modo que se agarró a sus hombros, deslizando los dedos por su espalda hasta llegar a las nalgas...

—Tengo que hacer un esfuerzo para controlarme —le advirtió él.

Pero Sam no quería que se controlase, al contrario. El fuego que había en su sangre le pedía que se dejase ir. Y él pareció entender porque, un segundo después, empezó a empujar con más fuerza, apoyando las dos manos a cada lado de su cara.

Sam enredó las piernas en su cintura, apretándose ansiosamente contra él. La anticipación era tal que pensó que iba a explotar... y lo hizo.

Empezó despacio, como un calambre que la recorría de arriba abajo... y luego una sensación indescriptible que la obligó a cerrar los ojos; la fuerza del clímax arrancando un grito de sus labios mientras él, jadeando, se dejaba ir en su interior.

Luego se quedó inmóvil, sin hacer el menor esfuerzo para romper la íntima conexión hasta unos segundos después.

—No quiero aplastarte, *cara*.

Sam, a quien le gustaba ser aplastada por aquel cuerpo masculino, no sabía qué hacer hasta que, de repente, él tiró de su brazo para tumbarla de costado.

—Vas a tener frío, ángel —murmuró, cubriéndola con el edredón—. Lo siento, no he dormido en varios días, pero ahora tengo que cerrar los ojos. No te vayas.

Mientras apoyaba la cabeza en su pecho, Sam recordó algo que le había dicho una amiga suya después de romper una turbulenta relación.

—El sexo no es la cura, es una droga. Y a menudo es peor que la enfermedad. Yo prefiero estar sola que necesitar tanto a alguien.

Entonces Sam no lo había entendido, pero ahora sí. No se había sentido sola antes, no había sentido que a su vida le faltaba algo... y ahora sí.

Pero ella era una adulta y no iba a dejar que su vida cambiara por un encuentro fortuito con un hombre carismático, fascinante y lleno de defectos.

Ahora, doce semanas después, Sam se maravillaba de su ingenuidad al pensar que seguir adelante iba a ser tan sencillo. Una sola experiencia le había enseñado que era más fácil decirlo que hacerlo; sobre todo cuando tenía un constante recordatorio de esa noche.

Suspirando, se pasó una mano por el estómago, pensando en cuánto querría a aquel niño, fuera hijo de Cesare Brunelli o no.

–Yo diría que es mejor que siga a pie –le aconsejó el taxista–. El tráfico no se mueve.

Sam miró al hombre, despistada.

–¿Qué? Ah, gracias –murmuró, buscando el monedero.

Que el pasado la arrastrase de esa forma, haciendo que se olvidara de todo, era algo que tenía que aprender a controlar. Era absurdo recordar y más absurdo pensar que pudiese tener algo en común con un hombre sólo porque hubieran compartido una noche de pasión.

Había estado entre sus brazos y habían hecho el amor, pero Cesare Brunelli seguía siendo un completo enigma para ella. Seguía sin saber qué pasaba por su cabeza y quizá era lo mejor. Eran de dos mundos diferentes.

Se decía a sí misma que se alegraba de que hubiera rechazado la oportunidad de tomar parte en la vida de su hijo. Al menos así podría mantenerlo fuera de la suya, decidió.

—Quédese con el cambio —le dijo al taxista, antes de perderse entre una masa de peatones. Ir a verlo había sido un error, pero un error que no volvería a cometer.

Capítulo 6

SAM miró su reloj antes de llamar a la puerta del despacho de su editor... ¡porras! Llegaba diez minutos tarde.

Eric Gibbs, el editor del *Chronicle*, era bien conocido por dos cosas: su barba blanca de Santa Claus y su paranoica aversión a la impuntualidad.

Incluso había dejado plantados a varios actores de Hollywood porque llegaban tarde a una cita... y ella no era una actriz famosa ni una diva, sino una periodista joven cuyo contrato temporal estaba a punto de terminar.

Unas semanas antes, conseguir aquel contrato había sido el centro de todas sus ambiciones y la posibilidad de que el propio Eric se lo ofreciese la tenía más nerviosa que nunca.

Sin embargo, ahora que la seguridad económica era más importante que nunca, Sam llamó a la puerta del despacho sintiéndose curiosamente... distante.

Seguramente aquella reunión no tenía nada que ver con su contrato. Eric Gibbs tenía cosas más importantes que hacer que preocuparse de los contratos de los empleados más jóvenes. En las dos ocasiones en las que se habían encontrado cara a cara ni siquiera recordaba su nombre... aunque le habían dicho que no se lo tomara como algo personal. Aparentemente, a Eric no se le daba bien recordar nombres, ya fueran de políticos o de miembros de la realeza.

Pero si no era el contrato, ¿qué más podría explicar que la llamase a su despacho en su día libre?

Podría haberlo intuido si su disciplina mental no se hubiera desintegrado. No podía pensar con claridad sin que la imagen de Cesare Brunelli apareciese en su cabeza...

–¡Olvídate de una vez! –se dijo a sí misma. Si no quería saber nada de su hijo, era problema de Cesare–. ¡Peor para él!

–¿Eh?

Sam hizo una mueca de disculpa cuando Eric abrió la puerta.

–Perdona...

–Entra –la interrumpió él–. Siéntate... iré directamente al grano.

El editor lo hizo y Sam lo escuchó, su ansiedad convirtiéndose en angustia cuando terminó de hablar.

–¿Que estoy despedida?

Era una sorpresa total, algo absolutamente inesperado. Ella era un poco insegura, pero sabía que hacía bien su trabajo.

El editor dirigió la miraba hacia una planta colocada en la estantería.

–Tenemos que dejarte ir. Lo siento.

Sam se levantó, indignada.

—No tanto como yo, se lo aseguro.
—Por supuesto, te daremos unas referencias excelentes.
—¿Puede decirme qué he hecho mal?
—Esto no tiene nada que ver contigo... ¡maldita sea! —exclamó Eric, golpeando el escritorio con el puño y provocando que un montón de papeles cayeran al suelo.
—¿Entonces?
—Va a haber cambios en el periódico. Una reorganización completa.

Ella aceptó tan vaga explicación encogiéndose de hombros.

—Muy bien, me llevaré mis cosas.
—No hay prisa, no hay prisa —dijo Eric, incómodo.

Sam consiguió recoger sus cosas sin encontrarse con nadie y, mientras volvía a casa, iba pensando en todo lo que podría haberle dicho. Pero cuando logró abrir la puerta, la furia había dejado paso a la angustia y las lágrimas la cegaban mientras se dejaba caer sobre el sofá.

Llevaban media hora en el coche cuando Paolo, sentado frente al volante, tocó su brazo.

—Se acerca una chica, bajita, pelirroja... y creo que está llorando. Va a entrar en el edificio.
—La seguiremos —dijo Cesare, intentando no pensar en las lágrimas. Aquélla era una situación en la que el fin justificaba los medios.

Paolo respondió con un gruñido de afirmación, pero sin mostrar sorpresa alguna. Llevaba diez años trabajando para Cesare Brunelli y su trabajo requería cierta *flexibilidad*.

Después de abrirle la puerta del coche, puso una mano en su brazo para guiarlo hasta el edificio.

—Quinta planta, apartamento 17 B.

¿Estaría llorando Sam en el apartamento 17 B?

La expresión de Cesare se convirtió en una máscara de resolución. No quería sentirse culpable por esas lágrimas. No, lo que estaba haciendo era lo mejor para todos.

—El ascensor está fuera de servicio —dijo Paolo.

—¿El edificio está en malas condiciones? ¿Le hace falta una mano de pintura al portal?

—Varias manos de pintura, diría yo. O mejor aún, lo podrían tirar abajo.

—Eres un pedante —rió Cesare, que conocía los gustos refinados de su conductor. Pero luego su expresión se volvió seria. Un edificio que su fastidioso chófer encontraba inaceptable no era un sitio donde tuviera intención de dejar que se criase su hijo.

Paolo, que tenía un pequeño problema de sobrepeso, estaba jadeando cuando por fin llegaron a la quinta planta. Cesare no.

—Tienes que hacer más ejercicio, amigo mío.

El chófer dejó escapar un gruñido antes de darle una rápida explicación de cómo era el descansillo.

—¿Quiere que espere?

—No, te llamaré cuando te necesite.

Sam seguía tumbada en el sofá, con el abrigo puesto, cuando sonó el timbre. Y sólo cuando el vecino de arriba empezó a dar golpes en el suelo y resultó evidente que la visita no iba a marcharse hizo un intento de levantarse.

—Muy bien, muy bien —murmuró, pasándose una mano por la cara mientras iba a abrir la puerta. Tan desolada estaba que olvidó preguntar quién era... y se vio empujada contra la pared cuando Cesare Brunelli entró en el apartamento.

Sam estaba demasiado atónita como para decir nada.

—Di algo o empezaré a pensar que he entrado en el apartamento equivocado.

Era mentira. Podría haber reconocido el aroma de su piel en una habitación llena de gente y estaba seguro de que no tenía nada que ver con que su sentido del olfato se hubiera desarrollado desde que perdió la vista.

Sam suspiró ruidosamente mientras lo miraba de arriba abajo. Tenía un aspecto increíble, el compendio de la belleza masculina, y estaba tan cerca que podría tocarlo. Pero no iba a hacerlo porque aún le quedaba un gramo de sentido común y la pasada experiencia le había enseñado que cualquier forma de contacto físico con aquel hombre era altamente peligrosa.

Bajo la chaqueta de ante llevaba una camisa blanca y unos vaqueros negros que destacaban sus largas piernas y sus delgadas caderas.

Sam intentó apartar los ojos, pero no podía hacerlo. Sospechaba que era un hombre que hacía huir a mucha gente... y si ella lo hubiera hecho, no estaría metida en aquel lío. Aunque seguramente se habría quedado sin trabajo de todas formas.

Por fin, consiguió hablar:

—¿Cómo sabes dónde vivo? ¿Y qué haces aquí? No me apetece hablar con nadie ahora mismo...

Cesare se dio cuenta de que estaba intentando hacerse la dura.

—Estás llorando.

Se sintió avergonzado, pero no era momento para sentimentalismos; estaba haciendo lo que debía hacer.

—¿Quieres marcharte, por favor?

—No, no podría irme aunque quisiera –Cesare se pasó una mano por los ojos–. Estoy ciego, ¿recuerdas?

—Sí, lo recuerdo –dijo ella, aunque seguía siendo difícil de creer.

—En caso de que no te hayas dado cuenta, era humor negro.

—No, era una broma de mal gusto.

—Soy famoso por ello.

—Mira... –Sam se detuvo, sin saber cómo llamarlo–. Mira, Cesare...

—¿Tan difícil ha sido eso?

—¿Qué?

—Llamarme por mi nombre.

—Sí, lo ha sido –suspiró ella. ¿Y por qué no? Todo lo que tuviera que ver con él era difícil–. Cesare, el asunto es que he tenido un mal día y la última persona a la que me apetece ver es a ti.

Incapaz de contenerlas, sintió que las lágrimas empezaban a rodar por su rostro una vez más, pero las secó con el dorso de la mano.

—A veces ayuda hablar de los problemas.

—Por favor, no te hagas el comprensivo.

Cesare, que sabía bien que ni el más generoso de los críticos diría eso de él, alargó una mano para tocar su cara. Ella la apartó, pero no antes de que un escalofrío la recorriese de arriba abajo.

–La ventaja de estar en compañía de un ciego, *cara*, es que no tienes por qué preocuparte de tu aspecto.

–He intentado hablar contigo y lo único que conseguí fue un dolor de cabeza. Mira, lo siento. Sé que sólo estabas intentando ser caballeroso al sugerir que nos casáramos... eres italiano y la familia es importante para ti...

Sam no pudo terminar la frase, sus hombros sacudiéndose por el esfuerzo de contener los sollozos. Y eso afectó a Cesare como las lágrimas de una mujer no lo habían afectado nunca.

Dio un paso adelante para abrazarla, pero lanzó una maldición al chocar contra un obstáculo imprevisto.

–Lo siento, no tiene nada que ver contigo. Y no te preocupes, enseguida se me pasará.

Cesare se había dicho eso mismo cien veces aquel día: ya se le pasaría.

–No, tienes que desahogarte.

De repente, Samantha se echó en sus brazos, enterrando la cara en su pecho.

–No digas nada, abrázame.

Cesare tardó un segundo en reaccionar. No debería sentirse culpable cuando estaba haciendo lo que debía hacer y él, que en circunstancias normales no era un hombre afligido por las dudas, sabía que estaba haciendo lo correcto.

Había visto la situación con total objetividad. La habilidad de hacer eso, combinada con la suerte y el talento, era lo que lo había convertido en un hombre muy rico. Pero no era tan fácil mantener la objetividad cuando la tenía entre sus brazos.

Un sentimiento fuerte y poco familiar despertó a la vida mientras le quitaba el abrigo mojado y movía las manos arriba y abajo por su espalda. Luego apoyó la barbilla en su cabeza e intentó mantener las cosas en perspectiva.

Habría otros trabajos.

Pero ése no era el asunto y lo sabía. Lo había sabido cuando llamó al propietario del *Chronicle* para pedirle un favor, pero había racionalizado sus actos. Ahora, al ver las consecuencias de cerca, eso era más difícil.

Se había enfadado con ella cuando lo llamó «segundo plato» y seguía deseando que lo retirase; un deseo extraño para un hombre a quien jamás le había importado un bledo la opinión de los demás.

Lo que pensara de él no era relevante, aunque estaría más cómodo casado con alguien que no lo odiase.

Porque tenían que casarse.

Aquella mañana había llamado a Mark James, el propietario del *Chronicle*, para pedirle un favor. Y, aunque seguramente no le había gustado nada, Mark se lo hizo de todas formas.

No iban a ofrecerle una renovación del contrato a Samantha.

A Cesare le parecía razonable suponer que, estando sin trabajo, la independiente Samantha se daría cuenta de que lo necesitaba. Y, por supuesto, su proposición le parecería más interesante o, al menos, no la rechazaría de inmediato.

La ironía del asunto no se le escapaba. Había pasado toda su vida escapando de las garras de mujeres que querían casarse con él por su dinero y ahora se veía obligado a recurrir a trucos sucios para venderse como un buen partido.

Pero había decidido no tener escrúpulos sobre el asunto y haría lo que fuera, incluso venderse a sí mismo para asegurarse de que su hijo no creciera sin un padre. Para que su hijo no sintiera nunca que no tenía una familia. Los padres querían para los hijos lo que ellos no habían tenido, y Cesare no era una excepción.

Sam no se daba cuenta de nada salvo del refugio que los brazos de Cesare le ofrecían. Debería haberse apartado en cuanto notó la dureza y el calor de su cuerpo, el aroma masculino de su piel. Pero se quedó allí, con los ojos cerrados, deseando que el momento no terminase nunca.

Cesare no era la solución a sus problemas y eso hacía que sentirse segura entre sus brazos fuera aún más incomprensible.

Estaba perdiendo la cabeza, pensó, poniendo una mano en su pecho.

–Lo siento. Me temo que estás en el sitio equivocado en el momento menos oportuno.

Él arqueó una ceja.

–Verás las cosas mejor por la mañana. ¿No es eso lo que dicen?

—En este caso, no. Me he quedado sin trabajo.

¿Por qué estaba contándoselo?

Sin esperar respuesta, Sam entró en el salón y se dejó caer sobre una silla. Pero cuando levantó la mirada vio que Cesare la había seguido y estaba tocando la pared...

Avergonzada, se levantó para guiarlo. No podía ni imaginar algo más aterrador que entrar en un sitio que no conocía sin poder verlo con sus propios ojos.

Pero él no parecía asustado en absoluto. Cesare Brunelli era un hombre increíble, por irritante que fuera.

—Con que me indiques hacia dónde debo ir, es suficiente.

—Siéntate ahí –dijo Sam, guiándolo hasta una silla.

—¿Por qué has perdido tu empleo? –Cesare tocó el respaldo un momento antes de sentarse.

—Por lo visto, no estaba haciendo tan buen trabajo como yo creía –suspiró ella–. ¿Te gustan más los periodistas malos que los competentes?

—¿Eso es lo que te dijeron, que no eras competente?

—No, en realidad me han dicho que era un problema de reorganización. Pero es lo mismo.

Cesare tuvo que tragar saliva. Él había manipulado la situación porque quería que fuese vulnerable, pero no tan vulnerable como para aceptar la derrota con tal resignación. Samantha era una luchadora... ¡llevaba luchando desde el día que se conocieron! Y le parecía horrible oírla tan resignada, tan derrotada.

—O sea, que vas a abandonar.
—¿Y qué quieres que haga?
—No sabía que fueras una derrotista.
—No lo soy, soy realista —Sam lo miró y se dio cuenta de que seguía sin saber por qué estaba allí.

Suponía que tenía algo que ver con el niño, pero ¿qué? De repente, una sospecha empezó a formarse en su menta. Si se atrevía a decir que no tuviera el niño…

—¿Qué vas a hacer, quedarte en casa de tus padres?

—Mi padre murió cuando yo tenía diez años, mi madre el año pasado.

—Lo siento.

Su compasión parecía genuina, pero sus ojos, su boca, la distraían. Sintiéndose culpable, Sam apartó la mirada. Mirarlo así cuando él no podía verla le parecía una intrusión. Estaba invadiendo su privacidad como una *voyeur*.

—No fue totalmente inesperado. Estuvo mal muchos años y su enfermedad incluso llegó a estar en remisión, pero la última vez… —Sam tuvo que hacer un esfuerzo para seguir hablando— no se pudo hacer nada.

Cesare no podía ver su cara, pero sabía que estaba conteniendo las lágrimas.

—Lo siento, de verdad.
—¿Tus padres viven?
—Sí.
—Supongo que estás preocupado por lo que pensarán… sobre el niño, quiero decir.

—No, mis padres están muy ocupados viviendo su vida —contestó Cesare.

Su padre había descubierto la alegría de la paternidad el año anterior, cuando cumplió los sesenta. Su nueva esposa tenía veintidós años. Y su madre se dedicaba a cuidar de sus hijas adolescentes, hermanastras de Cesare, y a mantenerse guapa y joven para su segundo marido. No admitía haber pasado por el quirófano, pero sus arrugas desaparecían como por arte de magia.

—¿Vas a decírselo?

Él hizo un gesto con la mano, como diciendo que no quería hablar del tema.

—¿Qué vas a hacer tú?

—Buscar un trabajo —respondió Sam—. Tengo que pagar el alquiler. Y nunca se sabe, mi experiencia como limpiadora me podría venir bien. Puede que te pida referencias.

—Las referencias que yo podría darte quizá no te conseguirían el tipo de trabajo que tú buscas, *cara*.

Ella sabía que estaba intentando insultarla, no seducirla. Y, sin embargo, no pudo evitar un escalofrío de... no sabía qué.

—Si lo único que sabes hacer es emitir comentarios groseros como ése, te puedes marchar ahora mismo. A menos que tengas alguna sugerencia.

—La verdad es que sí.

—¿No me digas?

—Sobre lo que dijiste ayer, que ser ciego no tenía nada que ver con que no aceptaras mi proposición de matrimonio...

—Es verdad.

—Demuéstralo.
El reto hizo que Sam arrugase el ceño.
—¿Cómo?
—Di que sí.

Capítulo 7

SAM se echó hacia atrás en la silla como si alguien la hubiera golpeado.

–¿Sigues queriendo que me case contigo?

–¿Por qué no? Vas a tener un hijo mío, Samantha. Nada ha cambiado salvo que ahora no puedes mantenerlo –dijo él, inclinando a un lado la cabeza.

Sam hubiera dado cualquier cosa por poder decirle que eso daba igual, que perder su trabajo no tenía importancia, pero no lo hizo. Porque no era verdad.

–¿Crees que no lo sé? –suspiró–. Pero qué ironía, pensé que habías venido para sugerir...

No terminó la frase, sabiendo que Cesare estaba alerta a cada nota de su voz. Parecía poseer una turbadora habilidad para oír no sólo lo que una persona decía, sino lo que *no* decía.

–¿Pensabas que iba a sugerir qué?

–Pensé que no querías que siguiera adelante con el embarazo.

Cesare se puso pálido.

–*Dio mio*, ¿habías pensado eso de verdad?

–Según lo veo yo, podría ser una solución para ti –insistió ella.

–Tú no ves nada, *cara* –replicó Cesare, apretando

los dientes–. Salvo lo que quieres ver, naturalmente. Yo soy el malo de la película, pero esto no es una película y, si lo fuera, tú no serías la única protagonista.

–Muy críptico. ¿Qué estás intentando decir?

–Que es nuestra película y nuestro hijo. Y un hijo necesita un padre y una madre.

–En general suele ser así. No es opcional, al contrario que el matrimonio –Sam se levantó y empezó a pasear por el salón, enfadada.

–No hay necesidad de ponerse nerviosa...

–¡Me pondré todo lo nerviosa que me dé la gana!

–Este matrimonio es sólo un arreglo de conveniencia...

–Lo dices como si fuera inevitable –lo interrumpió ella–. Y, además, ¿de qué estás hablando? Un arreglo de conveniencia...

–Un matrimonio no tiene que durar para siempre.

El matrimonio de sus padres no había durado. Su padre, un adúltero confeso, se había marchado de casa cuando Cesare cumplió diez años y el contacto con él durante el resto de su infancia se había limitado a las tarjetas de Navidad y algún regalo de cumpleaños, normalmente con un mes de retraso.

Cesare estaba decidido a que su hijo nunca fuera el niño que tenía que inventar los maravillosos viajes a los que le llevaba su padre ante amigos que tenían a los dos progenitores en casa. Su madre hacía lo que podía, pero una vez que se volvió a casar y tuvo más hijos, tres niñas, su nueva familia había requerido toda su atención.

Y Cesare, por lo tanto, nunca había encontrado su sitio.

Sam se detuvo a un metro de su silla.

−Yo prefiero que mi matrimonio dure para siempre. Claro que encontrar a un hombre que acepte un hijo que no es suyo puede que no sea tan fácil.

Él se quedó en silencio. Otro hombre criando a su hijo. Otro hombre compartiendo cama con Samantha...

La presión en sus sienes aumentó, el dolor como un golpeteo continuo y ensordecedor.

−No creo que sea el momento de ponerse a pensar en eso −la necesidad de ir al grano era más importante que reconocer la hipocresía de esa crítica−. Yo te ofrezco una solución práctica, Samantha. La vida como madre soltera no sería un camino de rosas.

−Eso ya lo sé −replicó ella, enfadada porque le recordaba algo que ya sabía y le daba pánico. No tenía trabajo ni dinero para pagar el alquiler y, en cualquier caso, el apartamento no estaba acondicionado para un niño. Lo que Cesare le ofrecía, por frío, cínico e insoportable que le pareciera, resolvería sus problemas más inmediatos.

Se daba cuenta de que algunas mujeres no verían la oferta de un millonario como una ofensa. Debería pensar en el niño, no en sí misma, se dijo. Ella no quería casarse con Cesare, pero tampoco Cesare quería una esposa y, sin embargo, estaba dispuesto a hacer un sacrificio.

−No tienes dinero...

−Veo que tú eres de los que hacen leña del árbol

caído –lo interrumpió Sam–. Gracias por tu preocupación, pero me las arreglaré.

–Yo no quiero que mi hijo tenga que «arreglárselas». Quiero que mi hijo tenga un hogar estable, un padre y...

–¿Y crees que yo no?

–Una madre debería poner las necesidades de un hijo por encima de las suyas.

–¿Y desde cuándo eres tú un experto en la materia? ¿Y por qué te crees con derecho a venir aquí a darme lecciones?

–No quiero darte lecciones, sólo quiero que lo pienses. Eres demasiado idealista... *Dio mio!* ¿No te das cuenta de cómo cambiaría tu vida siendo madre soltera? La satisfacción en el trabajo estaría muy abajo en tu lista de prioridades. Te verías obligada a aceptar cualquier cosa, aunque no fuese ningún reto ni nada interesante...

–Yo no necesito retos. Lo que necesito...

–Es seguridad –terminó Cesare la frase por ella–. Y yo puedo ofrecértela.

–Bueno, si me falta dinero siempre puedo escribir un jugoso artículo sobre ti. Sigo teniendo contactos. Imagínate lo que pagaría una revista del corazón.

Cesare se echó hacia atrás en la silla y a Sam le irritó ver que no parecía molesto por la idea de ver su nombre en las columnas de cotilleos.

–¿Es una amenaza?

–Podría serlo.

–El problema de las amenazas es que no se deben hacer a menos que tengas intención de llevarlas a cabo.

—Imagino que tú eres un experto.

—Si amenazo a alguien, te aseguro que estoy dispuesto a hacer lo que digo —sonrió él.

Sam bajó la mirada sin darse cuenta de que Cesare no podía verla. Pero Cesare Brunelli podía dar miedo sin intentarlo siquiera. Y estaba segura de que no tendría el menor problema para llevar a cabo cualquier amenaza.

Cesare Brunelli era la fruta prohibida y, para su eterna vergüenza, no podía mirarlo sin pensar en darle otro bocado.

—Tienes una manera muy original de proponer matrimonio, eso desde luego.

—¿Quieres que clave una rodilla en el suelo y te declare mi amor eterno?

El sarcasmo la irritó de tal modo que tuvo que camuflar su reacción bajo una ironía.

—¿Por qué no? Me vendría bien reírme un poco.

Cesare había girado la cabeza, de modo que lo único que podía ver era su perfil.

—Reírse un poco no estaría mal. Estás pensando sólo en los aspectos negativos de este matrimonio, pero también hay un lado positivo. Samantha, vamos a ponernos serios un momento.

La sugerencia hizo que Sam torciera el gesto, desconfiada.

—¿Qué quieres decir?

—Tú eres una mujer ambiciosa y yo puedo ayudarte.

—¿Ayudarme? Si voy a llegar a algún sitio, quiero hacerlo por mis propios méritos.

—Muy bien, dejaremos a un lado el nepotismo por

un momento. Pero casándote conmigo podrías elegir qué vas a hacer con tu carrera... por tus propios méritos. O podrías decidir dejar de lado tu carrera para cuidar del niño durante un tiempo. En cualquier caso, la decisión sería tuya.

–Eres un buen vendedor –dijo ella, pero el problema de los pactos con el diablo es que suenan bien hasta que lees la letra pequeña y entonces te das cuenta de que has vendido tu alma. Además, ¿qué sacarías tú con este matrimonio?

–El demonio... eso es encasillarme innecesariamente.

–¿No sería más sencillo que le pasaras una pensión al niño?

–Posiblemente –concedió Cesare–. Pero los derechos legales de un padre cuando no está casado con la madre del niño son, tengo entendido, menores que los de un padre legal. Y yo, *cara*, quiero decidir a medias contigo cómo se educa mi hijo.

–¿De ahí ese repentino deseo de contraer matrimonio?

Era irracional encontrarlo insultante, pero no podía evitarlo.

–En parte –admitió él–. Además, si tuviera una esposa a mi lado alejaría a todas esas mujeres que quieren darme la mano para cruzar la calle.

–Ése sería mi trabajo, ¿no?

–No, no lo creo. Por el momento de eso se encarga Paolo y no creo que quiera casarse conmigo. Además, sospecho que tú más bien me lanzarías bajo las ruedas de un autobús.

–No me des ideas –murmuró Sam.

Aunque no podía considerar en serio aquella absurda proposición, estaba empezando a apreciar la debilidad de su situación.

¿Y si le ocurría algo? ¿Y si se ponía enferma... o algo peor? ¿Qué sería entonces del niño?

Siempre estaban su hermano y su cuñada, claro, pero ellos tenían muchos gastos y muy poco tiempo libre y lo último que necesitaban eran más problemas.

–¿Qué estás pensando? –le preguntó Cesare cuando el silencio se alargó, frustrado porque no podía ver su cara.

–Normalmente sueles adivinarlo, ¿no? –Sam se mordió los labios después de decirlo. Ella no solía ser tan mordaz–. ¿Quién es Paolo?

–Mi chófer y a veces mi guardaespaldas, cuando es necesario. Pero no estamos hablando de Paolo.

–¿Y qué ocurre si es necesario? –a Sam le parecía alarmante la idea de que Cesare necesitara un guardaespaldas.

–¿Quieres dejar de cambiar de tema?

–Es que me interesa –insistió ella. Era verdad. Pero no quería añadir que, todo sobre él le interesaba para que no se hiciera la idea equivocada... o acertada–. Estaba pensando que si no hubiera leído ese artículo en el periódico, no habría ido a verte, y si hubiera ocurrido algo...

–¿A qué te refieres?

–Bueno, algo –Sam suspiró, estudiando el dibujo de la alfombra bajo sus pies. Era una idea deprimente y ella solía ser una persona optimista, pero no podía escapar de la verdad–. La gente muere todos los días. Hay accidentes, enfermedades...

La prosaica observación dejó helado a Cesare que, de repente, volvió a ver la imagen de una carretera manchada de sangre, un cuerpo caliente volviéndose frío... y un gemido escapó de su garganta.

El extraño sonido hizo que Sam levantase la cabeza.

–¿Te encuentras bien? Ah, estás pensando que el niño acabaría en un orfanato, claro. Pues no te preocupes por eso, mi hermano y mi cuñada se quedarían con él si nos pasara algo a los dos.

–*Madre di Dio*, ¿quieres concentrarte en el asunto y dejar de parlotear? –Cesare se llevó una mano a la frente; la presión volviéndose explosiva al enfrentarse con una verdad que intentaba ignorar.

–Supongo que antes de tomar una decisión tú haces un estudio estadístico y sopesas los pros y los contras de manera científica –replicó Sam, irónica.

–No, en realidad creo más bien en hacerle caso al instinto.

Y el instinto le decía que la besara en aquel mismo instante.

Sam no se resistió mientras tomaba su cara entre las manos. Sólo pensaba: «Por favor, por favor, bésame».

Y lo hizo. Sus labios moviéndose con lenta y sensual habilidad, con una sabiduría que la encendía por completo.

Intentó apartarse de él, no sólo física sino emocionalmente, pero fracasó.

Cesare volvió a besarla con un ansia que ella sintió hasta en los dedos de los pies. Como un espectáculo de fuegos artificiales, el deseo explotó en su interior, empujando la última pretensión de resistencia.

Cuando el beso terminó, Sam levantó una mano para acariciar los contornos de su cara.

Estaban tan cerca que podía ver la fina textura de su piel, las líneas de expresión alrededor de sus ojos, la cicatriz en su frente que desaparecía bajo el nacimiento del pelo...

Cuando levantó una mano para tocar la señal del accidente que le había robado la vista sintió como si unos dedos helados apretasen su corazón.

–Dame tu boca, *cara*.

Y ella lo hizo, un gemido vibrando en su garganta cuando se puso de rodillas para echarle los brazos al cuello. Y, mientras sus pechos se aplastaban contra el duro torso masculino, Sam buscó su lengua con la suya.

Fue Cesare quien se apartó tan abruptamente que Sam tuvo que agarrarse al respaldo de la silla para no caer al suelo. Se quedó mirándolo con los ojos como platos, las pupilas dilatadas, jadeando.

–Esto... no debería haber pasado.

–Pero tú sabías que iba a pasar. Los dos lo sabíamos.

–No, yo últimamente no sé nada.

–Pues si vamos a seguir lanzándonos el uno sobre el otro cada vez que nos veamos, creo que deberíamos casarnos.

–Pero bueno... –Sam no pudo terminar la frase, indignada.

—Te has puesto colorada, ¿a que sí?
—¿Cómo lo sabes?
—Has dejado escapar una especie de gemido y desde aquí puedo notar los cambios de temperatura de tu cuerpo —sin previo aviso, Cesare levantó una mano para ponerla sobre su pecho—. Ah, así es más fácil... puedo sentir tu corazón intentando salirse de tu pecho. Es irónico, ¿verdad? Yo soy el ciego, pero nunca me había encontrado con una persona tan fácil de leer. ¿Cómo vas por la vida enseñando tanto?

Ella sabía que, a veces, decir la verdad era lo peor y aquélla era una de esas ocasiones. Lo sabía y, sin embargo, lo hizo.

—Sólo me pasa contigo.

Los ojos de Cesare se oscurecieron aún más.

—Ven aquí.

El corazón de Sam latía con tal fuerza que bloqueaba todos los demás sonidos. Y, sin pensar, se echó hacia delante.

—Esta cara del arreglo sería muy placentera para los dos —murmuró él, acariciando su pelo.

—¿Los besos?

—Son obligatorios para la gente casada —Cesare besó la comisura de sus labios, inclinando la cabeza para dejar una línea de húmedos besos en su cuello.

—Oh, Dios... no sé qué me pasa.

—Yo tampoco lo entiendo, ¿pero qué más da?

Sam no podía aprobar aquel comportamiento alocado y lo dijo, pero él no parecía tomarla en serio... posiblemente porque ya estaba desabrochando los botones de su camisa con dedos temblorosos pero decididos.

Un profundo suspiro de placer escapó de su garganta cuando apartó la tela para revelar un torso ancho cubierto de vello oscuro.

–Eres tan hermoso… ¿qué? –exclamó Sam cuando Cesare apartó sus manos de golpe.

–Cásate conmigo, Samantha.

–¿Estás intentando chantajearme? –preguntó ella, indignada.

–¿Crees que estoy dispuesto a no acostarme contigo hasta que me digas que sí? –rió Cesare. Pero detrás de la risa había una tensión que no le pasó desapercibida–. Buena idea, *cara*. Sólo hay un problema, que yo no soy de los que dicen que no.

–Si ni siquiera me gustas…

–Eso no tiene nada que ver –murmuró él, trazando su labio superior con la lengua–. ¿Para qué vas a resistirte?

Sam no se estaba resistiendo. Eso era lo último que tenía en mente en aquel momento.

–¿Es así como piensas conseguirlo? ¿Vas a besarme hasta que te diga que sí? Cesare, no eres tan bueno…

Pero sí lo era.

–Los seres humanos tienen instintos más primitivos y poderosos. Entre tú y yo hay una conexión sexual…

–¡Yo no quiero una conexión sexual!

Cesare sonrió mientras metía una mano bajo su blusa.

–Pero sí quieres esto, ¿verdad? –murmuró, moviendo el pulgar sobre uno de sus pezones, apretándolo… haciendo que le diese vueltas la cabeza. Estaba encendida, como le había pasado aquella noche en el castillo, y le encantaba.

Después de quitarle la blusa y el sujetador, Cesare inclinó la cabeza y, sujetándola por la cintura, empezó a tirar del pezón con los labios, administrando luego la misma tortura al otro. Y Sam se agarró a él, clavando los dedos en sus hombros mientras echaba la cabeza hacia atrás...

Capítulo 8

SAM levantó una mano y la pasó por la curva de su mentón.

−¿No podríamos irnos a la cama? −sugirió, esperanzada.

Cesare esbozó una sonrisa.

−¿Me estás ofreciendo sexo por compasión, *cara*?

Ella lo pensó un momento y luego, con total sinceridad, contestó:

−Me estoy ofreciendo a mí misma.

Eso pareció sorprenderlo. Más que eso, el poderoso italiano se mostró turbado.

−Samantha...

−Parece que no tengo orgullo en lo que se refiere a ti −suspiró Sam. Jamás se había imaginado que se rendiría de manera incondicional a ningún hombre y menos a un hombre como Cesare.

No sentía vergüenza en realidad y, además, era consciente de una feminidad de la que nunca había sido consciente en toda su vida. Todo en aquel hombre era una contradicción y también lo eran sus sentimientos por él. El antagonismo y la atracción que sentía por él se había vuelto una mezcla confusa y poderosa.

—Eres deliciosa —dijo Cesare, acariciando su cara con un dedo—. Y estoy deseando estar dentro de ti.

Las eróticas imágenes que despertó esa frase crearon un incendio entre sus piernas. En sus ojos veía su propio reflejo y un deseo alocado tiraba de ella como un canto de sirena mientras el sujetador seguía el mismo camino de la blusa.

—Entonces hazlo —susurró.

—Cásate conmigo.

—¿Quieres dejar de decir eso? La gente no toma ese tipo de decisiones así como así —protestó ella.

—Olvídate de la gente, estoy hablando de nosotros. Vamos a tener un hijo, Samantha, y el niño nos necesitará a los dos.

Era un argumento muy poderoso. Sam luchaba contra sentimientos encontrados, pero su cerebro, normalmente despierto, no parecía funcionar como debiera. Por un lado, lo que decía tenía sentido y no resultaba una idea tan descabellada, por otro, le daba pánico.

—¿Y yo qué? ¿Importa algo lo que yo quiera o lo que yo necesite?

—Me necesitas a mí —dijo Cesare. Y, en aquel momento, él la necesitaba a ella. El deseo encendía su sangre, ahogando el sentimiento de culpa.

—¿Un arreglo de conveniencia has dicho?

Una sonrisa de triunfo iluminó las facciones del magnate italiano.

—Hablaremos de eso después. Ahora mismo creo que deberíamos irnos a la cama. ¿Tienes una cama?

—Claro que tengo una cama.

Cesare apretó su mano.

—Entonces indícame el camino, *cara* –dijo, levantándose.

—No he dicho que sí.

—Claro que sí –la contradijo él, con una sonrisa de satisfacción.

Y cuando buscó sus labios, Sam pensó que podría aceptar cualquier cosa que le propusiera.

Dos días después, Cesare la acompañó al ginecólogo para su primera ecografía.

Y la elegante clínica de la calle Harley no se parecía en nada al hospital público al que ella había imaginado que acudiría.

Controlar los gastos era algo innato en Sam, de modo que se sintió un poco incómoda en tan lujoso entorno, pero Cesare insistía en la necesidad de que tuviera los mejores cuidados para el niño y, sabiendo que aquél no era un tema sobre el que fuera a mostrarse flexible, decidió no decir nada. Sería mejor ahorrar energía para otras batallas más importantes.

Además, no imaginaba a Cesare esperando pacientemente en la cola de un hospital público. No, seguramente se portaría tan mal que lo invitarían a marcharse.

—¿Por qué sonríes?

Sam volvió la cabeza, sorprendida.

—¿Cómo sabías que estaba sonriendo?

El propio Cesare pareció momentáneamente perplejo por la pregunta.

—¿Pero estabas sonriendo?

—Te imaginaba portándote mal.

—Pensé que te gustaba que me portase mal –dijo él, haciéndose el inocente y sin conseguirlo.

—No me refería al dormitorio.

—Yo apenas pienso en otro sitio –sonrió Cesare. Y no le hacía falta tener poderes para saber que Sam se había puesto colorada.

Unos minutos después, Sam supo que los pensamientos de Cesare no estaban en el dormitorio.

Había apartado un momento los ojos de la pantalla y, al ver su expresión, se le había hecho un nudo en la garganta. Estaba tan emocionada por lo que veía que se había olvidado de él y de lo que sentiría al oír la descripción de las imágenes del niño... imágenes de un niño al que Cesare no vería nunca.

Emocionada, apretó su mano. A la porra con el orgullo, pensó.

—Se puede ver su cabecita y el corazón latiendo y... –Sam miró a la auxiliar que estaba haciendo la ecografía– ¿eso es la columna?

—Sí.

Cesare tragó saliva mientras apretaba con fuerza su mano.

—¿Es un niño?

—¿Quieres saber el sexo, Cesare?

—Me da igual que sea niño o niña mientras nazca sano –dijo él, usando la frase que miles de millones de padres debían de haber pronunciado antes.

—Bueno, pues por cómo se mueve el niño o la

niña, parece que no hay ningún problema –Sam miró a la mujer esperando confirmación, y ella asintió con la cabeza.

–Me alegro.

–En unas semanas podrá sentir cómo se mueve y da patadas... sólo tengo que tomar unas medidas para confirmar las fechas.

–Ah, sobre eso no hay ninguna duda –dijo Sam, sin pensar.

–Sí, una noche para recordar –dijo Cesare en voz baja.

–No me estoy poniendo colorada, no seas listo.

–Sí te has puesto colorada –replicó él, sin dejar de sonreír.

Después de confirmarle que no se había equivocado con las fechas, la auxiliar los dejó solos y Sam se levantó de la camilla.

–Gracias por dejarme ver a nuestro hijo a través de tus ojos, Samantha.

Ella se inclinó para apretar su mano, saboreando la intimidad del momento.

–De nada. Él o ella es, después de todo, lo que tú y yo tenemos en común. Al menos deberíamos ser capaces de compartir a nuestro hijo.

Cesare parecía a punto de decir algo, pero en lugar de hacerlo levantó su barbilla con un dedo. Su habilidad para saber dónde estaba exactamente era asombrosa.

–Y me dejarás ver a nuestro hijo a través de tus preciosos ojos azules.

–Bueno, son azules.

–Tim se puso muy lírico cuando los describió: de

un azul casi violeta. Claro que ahora tú debes recordarme que tienes pecas.
—¿Y tú qué harás?
—Besarte —contestó él.

Ocho días después de la ecografía llegó el momento de la boda. No tenía sentido esperar más, había dicho Cesare. Pero Sam había estado sufriendo ataques de pánico a diario. Podría haber parado el efecto bola de nieve con una sola palabra, pero no lo hizo porque la alternativa significaría muchas cosas; pasar las noches sola, por ejemplo.

Cesare y ella habían dormido juntos desde que decidieron casarse, salvo las dos últimas noches porque él estaba en Roma por asuntos de trabajo. Y por la noche no tenía ninguna duda; era de día cuando empezaba a preguntarse si había perdido la cabeza.

A lo mejor también él despertaba preguntándose qué estaba haciendo. Era una posibilidad. ¿Por qué si no la había llamado a las cinco de la mañana?

El porqué de la llamada seguía sin estar claro, pero Sam se había quedado con la impresión de que quería algo, quizá cancelar la boda.

Y seguía preguntándose qué había querido decirle cuando llegó el coche para llevarla al ayuntamiento.

—No es demasiado tarde —murmuró, mirándose al espejo.

Pero sí lo era, había tomado una decisión, se había comprometido. Era lo mejor para el niño. Lo mejor para ella no iba a pasar, imposible; Cesare no la amaba.

Descubrir que ella sí estaba enamorada no había sido algo inmediato, pero en algún momento la semana anterior se había dado cuenta de la verdad.

¿Cuando Cesare le puso un enorme zafiro en el dedo y ella tuvo que darse la vuelta para esconder las lágrimas?

¿Cuando vio una fotografía suya escalando una montaña y pensó que escalar sólo era una de las cosas que la ceguera le había robado y que tenía que enfrentarse cada día a la vida con una valentía y una seguridad que la llenaban de admiración?

Pero unos días antes lo había visto sentado frente a su escritorio, mirando al vacío con una expresión tan distante, tan remota que Sam sintió un escalofrío de aprensión.

«¿Qué esperabas?», le preguntó una vocecita. «No te ama, no va a decirte que está contando los minutos hasta que vuelva a verte. No va a decir que se sentirá solo sin ti».

Pero ella sí. ¿Había sido entonces cuando supo que estaba enamorada de Cesare?

Eran todas esas ocasiones y ninguna de ellas porque, en el fondo, era algo que siempre había sabido, pero se negaba a reconocer. Estaba enamorada. Cesare Brunelli, valiente, cabezota y totalmente insufrible, era el amor de su vida.

Aquél debía ser el día más feliz de su vida, pero cuando llegó a su destino sintió una profunda tristeza. Y no tenía nada que ver con el hecho de que no hubiera invitados. No, había sido su decisión no contárselo a la familia o los amigos.

Su tristeza tampoco era debida a que aquélla no

fuera una boda tradicional, sino a la ausencia de algo que anhelaba su corazón: que Cesare la amase. Pero eso no iba a pasar.

Cesare no la amaba. Pero cuidaría de ella y de su hijo y respetaría los votos que iban a hacer, de eso estaba segura. Porque había descubierto que Cesare Brunelli no era la persona que describían los periódicos y las revistas, sino un hombre honesto de verdad. Aunque ella nunca tendría un sitio en su corazón.

¿Estaría pidiendo demasiado?, se preguntó.

¿Y qué pasaría si algún día conocía a alguien a quien amase como había amado a Candice? ¿Seguiría amando a la bella rubia?

Sam no podía dejar de torturarse mientras hacían el amor, creyendo que podría estar pensando en ella.

Esos pensamientos la ponían enferma y habían estropeado más de un momento íntimo porque Cesare, con su asombrosa percepción, siempre parecía darse cuenta.

Cuando le preguntaba qué pasaba, ella no se lo decía, claro. No decía nada, pero él sabía que estaba mintiendo y la mentira quedaba entre los dos como un muro. Un muro que se disolvía al encenderse la pasión, pero que estaba allí de nuevo cuando se enfriaba.

Sam sabía que, si quería que aquel matrimonio tuviese alguna oportunidad de funcionar, tenía que sobreponerse a sus inseguridades y aceptar que Cesare no podía darle lo que ella quería.

Y haría que funcionase, se dijo a sí misma mientras levantaba la falda del vestido para salir del coche.

Tim, con un aspecto tan agitado como si fuera el novio, estaba esperándola en el vestíbulo del antiguo ayuntamiento.

–Estás guapísima –le dijo.

Sam tocó la falda de su vestido de seda color ostra.

–¿No te parece un poco exagerado?

Su intención había sido ponerse el traje que había llevado en la boda de su hermano. Después de todo, le había costado una fortuna y sólo se lo había puesto una vez.

Pero Cesare no estaba de cuerdo e, ignorando sus protestas, había llamado a una exclusiva boutique porque, según él, debía elegir algo adecuado para la novia de un millonario.

Sam no había entrado en la tienda con el propósito de comprar un vestido de novia clásico. Un traje o un vestido blanco, sencillo, le había dicho a la amable dependienta... la gente se volvía muy amable cuando había fondos ilimitados, pensaba Sam con un toque de cinismo.

Y a lo mejor no había sido del todo específica porque lo primero que le llevó para probarse había sido el vestido de novia que llevaba puesto en aquel momento.

Era la simplicidad del diseño lo que había llamado su atención. Cortado al bies en estilo túnica y con escote palabra de honor, la tela caía hasta los tobillos abrazando su cintura y sus caderas.

No estaba muy segura sobre lo de llevar los hombros al descubierto, mostrando más escote del que a ella le gustaría, pero la joven le había asegurado que le quedaba perfecto.

Esa admiración podía tener que ver con el precio del vestido, pero al verse en el espejo del probador, Sam había tenido que admitir que era una maravilla.

Y, después de decir que sí al vestido, empezó a decir que sí a otras prendas. Una hora después, una Sam atónita había vuelto a la limusina como la orgullosa propietaria de seis preciosos conjuntos de ropa interior, tres pares de zapatos y un extravagante y carísimo velo de encaje de Bruselas.

–En una boda nada es exagerado –dijo Tim, viendo cómo el brillo desaparecía de sus ojos.

Parecía tan triste que, aunque él no era el tipo de hombre dado a gestos cariñosos, le hubiera gustado abrazarla.

–No es ese tipo de boda –murmuró Sam, mordiéndose los labios.

–Sí, bueno... espero que no te importe –dijo él entonces, poniendo en su mano un ramo de violetas–. Es una boda y debes llevar un ramo de novia. Además, el color me recuerda al de tus ojos.

Sam, increíblemente emocionada por el detalle, se llevó las violetas a la cara.

–Gracias, eres muy amable.

–No se puede tener una boda sin un ramo de novia, lo sé porque yo pagué las flores en la boda de mi hermana. Y no sabía el dineral que costaban las flores para una boda de verdad... –Tim se corrigió enseguida–. No lo digo porque ésta no sea una boda de verdad, es que es más sencilla.

–No hay por qué fingir, los dos sabemos que no lo es –dijo Sam.

Timothy se puso serio de repente.

−¿Estás segura de lo que vas a hacer?

Sam no estaba segura de nada salvo de que Cesare era el amor de su vida y el padre de su hijo.

−¿Sugieres que salga corriendo?

−Si Cesare quiere casarse, dudo mucho que pudieras escapar de él... uf, qué horror, ha sonado siniestro. No quería decir eso, sólo quería decir...

«Que Cesare quiere este hijo a toda costa y yo soy parte del trato».

−Sé lo que quieres decir. Pero no te preocupes, yo sé bien lo que hago. Y si no sale bien... bueno, hay una solución perfecta.

−¿El divorcio?

−Esas cosas pasan −suspiró Sam−. Pero no te preocupes, intentaremos que salga bien.

Mientras esperaba en la sala donde tendría lugar la ceremonia, Cesare pensó que aquélla no era la boda con la que soñaban la mayoría de las chicas.

¿Con qué clase de boda habría soñado Samantha?

No lo sabía porque nunca se lo había preguntado, ni siquiera le había dado tiempo para pensárselo bien. Era evidente que aún estaba en estado de shock por el embarazo y por la pérdida de su empleo y él había explotado implacablemente la situación para obligarla a casarse.

No se le había ocurrido pensar en lo que ella quería, obsesionado como estaba por su hijo. Pero había algo más, algo en lo que no había querido pensar: la necesitaba.

Cesare nunca había necesitado a una mujer. Desear sí, necesitar nunca.

El hecho de que estuviera esperando un hijo suyo era muy conveniente porque le ofrecía una excusa para no estudiar lo que había sentido al pensar que aquella mujer podría desaparecer de su vida.

Cesare sintió una ola de náuseas.

Se había portado como un canalla, pero reconocer eso no minó su determinación de seguir adelante con la boda.

Sería un marido considerado, se dijo.

Samantha no lamentaría haberse casado con él.

La puerta se abrió sin fanfarrias, sin acompañamiento de música. No había lágrimas, ni flores, ni cabezas que se volvieran para mirar a la novia...

Y Cesare tuvo que hacer un esfuerzo para no volverse al oír sus pasos sobre el suelo de madera.

Sam recitó sus votos en voz baja y Cesare, por contraste, lo hizo bien alto y claro. Sólo cuando el oficiante, un funcionario del ayuntamiento, anunció que podía besar a la novia, volvió al cabeza, sus temblorosos dedos luchando para levantar el velo.

Cesare dejó escapar un suspiro, alegrándose ahora más que nunca de no haberle hecho caso al médico.

¿Quién querría estar en el hospital mirando una pared estéril cuando podía mirarla a ella?

Y la miró, grabando en su memoria cada detalle de su rostro ovalado. Había trazado cada contorno con los dedos y sabía que su piel era suave, que tenía una pequeña hendidura en la barbilla y una pequeñísima arruguita en el ceño, entre las cejas. Sabía que su boca era de labios carnosos, hecha para besar.

Lo que no sabía hasta aquel momento era que sus labios fueran del color de las rosas de otoño. No sabía que su piel fuera de porcelana ni había visto las pecas sobre el puente de la nariz respingona, la gloriosa melena pelirroja como una pintura de Tiziano. Y no sabía que sus ojos fueran de aquel azul aterciopelado...

Se le hizo un nudo en la garganta. Si despertaba al día siguiente de nuevo en el mundo de la oscuridad, llevaría siempre con él el recuerdo de ese rostro.

Había habido ocasiones durante los últimos días cuando, con ella entre sus brazos, fantaseaba con despertar por la mañana para ver su rostro. Nunca había esperado que ocurriese, pero cuando ocurrió Samantha no estaba allí.

Su primer instituto había sido decírselo. Incluso había levantado el teléfono con intención de hacerlo, de compartir el milagro.

Pero luego escuchó su voz adormilada al otro lado y pensó: ¿y si no era un milagro? Quizá volvería a perder la vista tan abruptamente como la había recuperado.

De modo que guardó silencio. Quería estar seguro del todo.

Capítulo 9

SÍ, HA RECUPERADO la vista, señor Brunelli.
Cesare había tenido que contener la impaciencia.

—No hace falta que me lo diga, eso ya lo sé. Lo que necesito saber es si voy a perderla otra vez. ¿Voy a despertar mañana ciego de nuevo?

El médico no quería comprometerse.

—No sabremos si es permanente hasta que hagamos más pruebas. Y hay que hacerlas ahora mismo.

—No, me temo que hoy no va a poder ser. Hay otras cosas que prefiero ver antes que su cara.

El oftalmólogo no estaba para bromas y le habló con toda firmeza:

—Debo recomendarle que permanezca en el hospital hasta que hayamos terminado con las pruebas.

Cesare replicó, con la misma firmeza pero en términos bastante más impertinentes, que iba a casarse esa tarde y nada ni nadie podría evitar que lo hiciera.

Ahora, cuando la ceremonia estaba a punto de terminar, no lamentaba su decisión. Había visto el rostro de Samantha y nadie podría robarle eso.

Pero, al ver su solemne expresión, Sam se sintió más triste que nunca. Porque parecía haberse dado cuenta de la enormidad de lo que acababan de hacer... y parecía lamentarlo.

Incluso pensó que no iba a aceptar la invitación del oficiante para que besara a la novia. Estaba bajando la cabeza, desolada, cuando Cesare levantó su barbilla con un dedo.

–No tienes por qué –murmuró. De repente, no podía soportar aquella mentira. Quería con todo su corazón que fuera real, pero sabía que eso no iba a pasar–. No hay necesidad de fingir.

Aunque sabía que era imposible, le pareció que él mantenía su mirada mientras rozaba sus labios con una caricia suave como la de una mariposa.

–No estoy fingiendo. Estamos casados, *cara* –dijo él–. Esto es real, no una mentira.

El brillo que había en sus ojos la mareaba, despertando un deseo que estaba siempre bajo la superficie.

–Te beso porque te deseo y tú me deseas a mí, no para satisfacer a una audiencia. Tú quieres que te bese, ¿verdad, *cara*?

Sam había olvidado que Tim y su novia estaban allí.

–Sí.

Él buscó su boca en un beso exquisitamente tierno que llevó lágrimas a sus ojos. Y cuando levantó la cabeza se quedó inmóvil, petrificada.

Cesare miró su rostro y sintió algo tan poderoso que, por un momento, no podía respirar. Desde que supo del embrazo se había dicho a sí mismo que era un tipo estupendo porque iba a hacer el supremo sacrificio de casarse con la madre de su hijo.

Sacrificio... qué mentira. Había actuado de manera totalmente egoísta. Su vida no tendría sentido alguno sin aquella preciosa e irritante pelirroja.

Samantha abrió los ojos y él sintió como si alguien hubiera metido una mano en su pecho para arrancarle el corazón. Cuando le dijese que había sido culpa suya que la despidieran lo odiaría.

El funcionario se aclaró la garganta.

–Perdonen, pero tengo que celebrar otra boda a las cuatro y media...

–Ah, sí, bien –Sam puso una mano en el brazo de Cesare y le dijo al oído que había dos escalones.

–Aunque agradezco que no quieras herir mis sentimientos, sería más fácil si me apoyara en ti.

–Sí, por supuesto –murmuró ella, nerviosa.

Claro que eso no importaba porque, supuestamente, las novias debían estar nerviosas, emocionadas, felices. Ella no era feliz, pero Sally, la novia de Tim, no parecía darse cuenta de que faltaba el ingrediente principal en aquella ceremonia y tenía lágrimas en los ojos.

–¿Dónde vais a ir de luna de miel?

–No nos vamos de luna de miel.

–Ah, qué pena –murmuró la joven, cortada.

–Cesare tiene una reunión de negocios mañana y...

–Sí nos vamos de luna de miel.

Sam lo miró, perpleja.

—¿Qué?
—Que nos vamos de luna de miel. ¿No te lo había dicho?

—No entiendo nada —dijo Sam cuando subieron al coche—. Habíamos acordado que no habría luna de miel. Tú tienes cosas urgentes que hacer...
—Ha habido un cambio de planes —la interrumpió Cesare.
—Un cambio sobre el que no te has molestado en consultarme —replicó ella, sin entender por qué estaba tan molesta cuando debería estar dando saltos de alegría—. Supongo que así es como va a ser estar casada contigo.
—Cualquiera diría que lo lamentas.
—No va a ser una luna de miel, ¿verdad? Vas a llevarme a algún viaje de negocios para poder vigilarme... ¡no confías en mí! —lo acusó.
—No, en realidad es un gesto romántico, *cara*. Estoy siendo espontáneo.
El sarcasmo le pareció innecesariamente cruel y Sam volvió la cabeza para esconder las lágrimas que habían asomado a sus ojos.
—¿Dónde vamos a ir? —le preguntó después.
—He pensado que podríamos volver al sitio en el que nos conocimos.
Ella se quedó boquiabierta.
—¡Al castillo de Escocia! ¿Lo dices en serio?
—Completamente en serio. Pensé que te gustaría.
—Pero mi hermano...
—A él no lo he invitado —bromeó Cesare.

—Muy gracioso. Lo que iba a decir es que él no sabe que estamos casados.

—No, ya. Supongo que te dirá que podrías haber encontrado un partido mejor, y probablemente, es verdad. Pero, si no te importa, será mejor evitar reuniones familiares por el momento. No tenemos que ver a nadie. He pedido que dejaran las provisiones en la cocina y les he dicho que no quería servicio de habitaciones. Claro que es posible que mi deseo sea ignorado por alguna chica de la limpieza...

Contra su voluntad, Sam tuvo que sonreír.

—Eso está mejor —murmuró Cesare, dejándose caer sobre el respaldo del asiento.

—¿Qué está mejor?

—Me gustas más cuando sonríes.

—¿Y cómo sabías que estaba sonriendo?

—Puedo oírlo en tu voz, *cara*.

Sam esperaba que eso fuera lo único que pudiese oír. Aquella situación era soportable sólo porque él no sospechaba de sus sentimientos. Y era importante que no supiera nada porque lo único que le quedaba era el orgullo.

—¡Ven aquí! —Cesare la atrajo hacia sí tomándola por la cintura.

Apoyando la cabeza en su hombro, Sam cerró los ojos y se relajó un poco.

—¿Estás contenta con la luna de miel?

—Estoy sorprendida.

Entonces se percató de que habían dejado atrás la casa de Cesare, un edificio de dos plantas en el centro de Londres.

—¿Dónde vamos?

—El helipuerto de la casa está en obras. Vamos a salir desde…

—¿Vamos a ir a Escocia en helicóptero?

—Claro.

—Pero no puedo ir así. No he hecho la maleta y… Él se encogió de hombros.

—Seguro que estás muy guapa con el vestido de novia. Y como en la boutique tenían tus medidas, ha sido muy sencillo pedir que enviasen algo de ropa… y todo lo necesario para el aseo personal. Si se me ha olvidado algo, podemos pedir que nos lo envíen.

—¿Me has comprado un vestuario entero?

Cesare levantó una ceja, divertido.

—¿Algún problema?

Sam arrugó el ceño.

—No sé…

—Un marido puede hacerle un regalo a su esposa, ¿no?

—¿Marido? Me pregunto si algún día esa palabra dejará de sonar tan extraña.

—Lo que al principio resulta poco familiar puede acabar siendo algo aburrido —dijo él. El comentario la hizo reír—. ¿Qué te hace tanta gracia?

—Me resulta imposible creer que estar contigo pueda ser aburrido —le confesó Sam.

Cesare parecía estudiar su cara como si la viera, algo que siempre la había puesto nerviosa.

—Creo, Samantha, que eso podría haber sido un cumplido. ¿Me equivoco?

—No, no te equivocas. Pero que no se te suba a la cabeza —suspiró ella, conteniendo un bostezo. No porque se aburriera con él, sino porque últimamente lo único que deseaba era dormir. Pero le habían dicho que era normal durante los primeros meses de embarazo.

Sonriendo, Cesare sugirió que podría dormir un rato en el helicóptero, mientras iban a Escocia, pero Sam, a quien ya no sorprendía que fuera tan perceptivo, expresó sus dudas sobre lo de dormir en un helicóptero.

Estaba equivocada.

Cerró los ojos sólo un momento después del despegue y, después de lo que le pareció un minuto, Cesare estaba tocando su hombro para despertarla.

–Ya hemos llegado.

–¿Qué?

–El tiempo pasa muy rápido cuando uno está roncando.

–¡Yo no ronco! –protestó ella.

–No –asintió él–, sólo me has babeado el hombro un poquito.

Lo había dicho con tal ternura, con tal simpatía, que, a pesar de que no podía verla, Sam se ruborizó.

–Eres tonto.

Paolo, que viajaba en el asiento del copiloto, llevó sus maletas al castillo y habló brevemente con Cesare antes de despedirse.

Unos minutos después volvían a oír las aspas del helicóptero alejándose.

Sam se volvió para mirar a Cesare y cuando sus ojos se encontraron tuvo que decirse a sí misma por enésima vez que no podía verla, que sólo tenía unos ojos muy expresivos. Y, sin embargo, no sabía por qué, se sentía un poco avergonzada.

—Esto es absurdo —murmuró.

Cesare, que estaba quitándose la corbata, levantó la cabeza.

—¿Qué es absurdo?

—Sentirme como una virgen en mi noche de boda. Es absurdo porque ya no... evidentemente...

—¿Lo lamentas? —preguntó él.

Sam negó con la cabeza.

—No, claro que no.

—¿Lamentas haberte acostado conmigo esa noche?

—No, no lo lamento —dijo ella. Pero luego sintió pánico. Eso era muy parecido a admitir sus sentimientos por Cesare—. ¿Y tú, lo lamentas?

—Lo que lamento...

—No, déjalo, no lo digas —lo interrumpió ella.

—Lamento, Samantha, que tu introducción al amor no fuera más suave, más considerada.

Había cierta recriminación en su voz y ella lo miró, de nuevo sorprendida.

—Yo no lo cambiaría por nada.

—Y lamento haber contribuido a que te despidieran —dijo Cesare entonces.

—Muy gracioso, pero me parece que sobrestimas tu influencia.

—¿Perder tu trabajo no influyó en tu decisión de casarte conmigo?

—Sí, bueno, claro —Sam arrugó la nariz.

—Eso era lo que yo quería y me temo que sí tengo tanta influencia. Sólo tuve que levantar un teléfono.

Cesare sabía que estaba corriendo un gran riesgo, que Samantha podría dejarlo plantado. Pero, con las promesas que había hecho aún frescas en su mente, no quería empezar su vida de casado con una mentira.

–¿Qué estás diciendo?
–Lo que has oído.
Silencio.
–¿Por qué, Cesare?

El dolor y la sorpresa que había en la voz de Sam lo hicieron dar un paso atrás.

–Mi padre no estuvo a mi lado cuando era niño y yo no quiero eso para mi hijo. Hubiera movido montañas para que te casaras conmigo, Samantha. No quería arriesgarme.

–¿Y mis sueños? ¿Y las cosas que yo quería? –exclamó ella, perpleja–. ¿Cómo te atreves a interferir en mi vida? ¿Quién crees que eres?

–Samantha...

–Bueno, al menos ahora sé que no soy tan mala periodista –lo interrumpió ella, intentando contener su furia.

–Samantha....

–No, déjalo. No quiero seguir hablando.

Sam salió corriendo de la habitación, las lágrimas rodando por su rostro. No se había dado cuenta de que había cuencos de flores por todas partes, su aroma intensificado por el calor de las chimeneas, encendidas en todos los cuartos.

Imaginó a Clare, su cuñada, yendo habitación por habitación, preparándolas para tan importantes clientes... casi le daban ganas de reír al pensar en su cara de asombro cuando supiera que *ella* era uno de esos clientes. Aunque eso no sería nada comparado con el asombro de saber que estaba casada con Cesare Brunelli.

Cuando volvió a la cocina, él estaba en el mismo sitio en el que lo había dejado. Su expresión era inescrutable, pero el aire a su alrededor vibraba de tensión contenida.

—¿Quieres una taza de té?

—Sí, gracias —suspiró él—. No estoy orgulloso de lo que he hecho, Samantha.

—Lo que has hecho es una canallada, pero supongo que no tendrías por qué habérmelo contado... por lo menos es algo.

Mientras la veía abrir la nevera, Cesare contuvo el deseo de preguntar si era suficiente.

—Es una pena que no pueda beber alcohol.

—Te haré compañía con un zumo de naranja.

Sam cerró la puerta de la nevera después de sacar un cartón de leche.

—No tienes por qué —murmuró—. ¿Por qué me lo has contado, Cesare?

—No quería empezar este matrimonio con mentiras, pero se me había olvidado que la verdad no es siempre lo mejor.

—Pues claro que es lo mejor.

—La triste verdad, Samantha, es que te has casado conmigo porque estabas desesperada y necesitabas ayuda económica.

La pragmática descripción hizo que Sam se pusiera colorada.

—¿Crees eso de verdad?

¿Cómo podía ser tan intuitivo para algunas cosas y tan tozudo para otras?

–Pero no estoy en posición de criticar, Samantha.
No, pero pensaba que era algo parecido a una buscavidas. Sam dejó escapar un suspiro. Quizá era mejor que pensara eso.

–¿De verdad crees que me casé contigo por tu dinero?

¿Y no era cierto, en realidad?

Claro que nada era tan simple como podría parecer. Desde que lo vio emocionarse mientras le describía a su hijo había sido una lucha seguir pensando en él como un hombre frío, despótico y amargado.

Cesare Brunelli era un hombre complejo y fascinante capaz de grandes pasiones cuyo gran pecado era no amarla y, sin embargo, estaba decidido a hacer lo que tuviera que hacer por su hijo.

–Creo que te has cargado con un marido ciego porque quieres lo mejor para tu hijo. Eres la última mujer en el mundo a la que acusaría de ser avariciosa, Samantha.

–Podrías habérmelo dicho antes de la boda.

–Entonces me habría arriesgado a que dijeras que no –le confesó él.

Sam dejó escapar un suspiro. Aquélla iba a ser su vida y sería mejor acostumbrarse. No podía tener su corazón, pero lo tendría a él. Aunque no podía ni pensar que algún día Cesare le entregase su corazón a otra mujer...

Ésa era su pesadilla.

–Bueno, ahora estamos casados y vamos a tener un hijo. Vamos a ser una familia, así que no lo estropees –le advirtió–. Y recuerda que estás a prueba.

Cuando empieces a sentir algún impulso maquiavélico... no sé, date una ducha.

–No te merezco –dijo él, con más humildad que nunca.

–Eso desde luego.

–Lo celebraremos con champán cuando nazca el niño.

Sam giró la cabeza y se quedó sorprendida al ver que estaba pegado a ella, tan cerca que podía oler su aroma masculino.

–Lo que has hecho es algo muy importante, Samantha.

–Bueno, yo también quiero que nuestro matrimonio funcione. Sé que tú no tuviste una familia cuando eras niño, pero yo sí la tuve y sé lo importante que es. Tuve una infancia estupenda y quiero lo mismo para mi hijo –le explicó.

–Y yo te lo agradezco infinito.

Ella suspiró, sacudiendo la cabeza.

–Puedo hacer algo de comer si te apetece... ¿un filete y una ensalada? No sé tú, pero yo estoy hambrienta. Voy a quitarme el vestido, vuelvo enseguida.

Cuando salió de la cocina tuvo que apoyarse en la pared y cerrar los ojos. Por el momento, se estaba manejando con la gracia de una bailarina borracha. Había estado a punto de decirle que la única razón por la que lo había perdonado era que estaba enamorada de él.

Arriba, en el dormitorio principal, encontró la ropa que Cesare le había prometido colocada en ordenados montones sobre la cama.

Lo que necesitaba, se dijo, era una estrategia.

¿Pero cuál?

Suspirando, se quitó el vestido y, después de doblarlo cuidadosamente y dejarlo sobre la cama, se acercó a la ventana que daba al lago.

No tenía ni idea del tiempo que había estado allí perdida en sus pensamientos y sólo cuando empezó a temblar de frío, porque la combinación de seda que llevaba no servía de nada en la fría Escocia, se dio cuenta de que había salido la luna. Suspirando, cerró las cortinas de pesado terciopelo rojo...

—No, déjalo.

Sam, que no lo había oído entrar en la habitación, se sobresaltó al oír su voz. Y cuando volvió la cabeza se quedó aún más sorprendida al ver que sólo llevaba una toalla a la cintura.

—Pensé que estabas abajo.

¿Tanto tiempo llevaba mirando por la ventana que él había tenido tiempo de darse una ducha?

—Como ves, no es así.

—Deberías haberme llamado —le dijo entonces, enfadada. Lo imaginaba tendido, inconsciente, en el suelo. El castillo no tenía cuartos de baño en las habitaciones y el más cercano estaba al final de una empinada escalera—. ¿Cómo has podido...?

—Conozco el sitio, así que sé cómo moverme.

—Ya veo —Sam estaba viendo mucho más de lo que quería porque la toalla era muy pequeña y su cuerpo nada menos que perfecto.

El brillo de sus ojos enviaba olas de fuego por el cuerpo de Cesare. Estaba viendo los sentimientos de Samantha en su rostro, tan expresivo. Y que lo mirase de ese modo era embriagador y más excitante que nada en toda su vida.

Pero si le dijera que podía verla, ella daría un paso atrás.

No había prisa en decírselo y al día siguiente podría no haber necesidad. Sabía que la recuperación de la vista podría ser algo transitorio y sería un tonto si no lo disfrutara mientras pudiera.

—Hay cosas, sin embargo, que prefiero no hacer solo. Ya lo sabes.

El sugerente tono de su voz hizo que, como siempre, Sam enrojeciese.

—Una cosa es ser independiente y otra muy distinta portarse como un idiota.

Afortunadamente, él no sabía que sólo llevaba una combinación de seda blanca casi transparente y unos zapatos de tacón, pensó, mientras intentaba cerrar las cortinas.

—No.

—¿No qué?

—No cierres las cortinas. Deja que entre la luz de la luna. Nadie puede vernos desde fuera —dijo Cesare.

«Y yo quiero ver la luna en tu cuerpo cuando te haga el amor», añadió, en silencio.

Capítulo 10

SAM arrugó el ceño.
—¿Cómo sabes que desde aquí se ve la luna?
—Tú lo has dicho antes.
—¿Lo he dicho?
—Sí, antes.

Sam se encogió de hombros. No recordaba haberlo dicho, pero quizá así era.

Cesare se acercó a la ventana con toda confianza. Era, pensaba Sam, como si a veces olvidase que era ciego.

Una ola de intensa tristeza la envolvió entonces. Sin duda él quería olvidarlo y era normal. A lo mejor tenía sueños. A lo mejor había mañanas en las que abría los ojos y alargaba la mano para encender la luz... sólo para darse cuenta un segundo después de que no había luz y nunca la habría.

De pie frente a la ventana era magnífico, con esa imponente figura, tan masculino... un dios de leyenda devuelto a la vida por la luz plateada de la luna.

—¿Te casaste conmigo a pesar de que era ciego o por ello?

Sam se dejó caer sobre la cama.
—¿Qué clase de pregunta es ésa?

—Una mujer casada con un ciego podría esconderle muchas cosas...

—Yo no te he escondido nada.

—¿Qué llevas puesto?

Sam miró hacia abajo y tragó saliva.

—Nada.

—Ah, excelente.

—Quería decir nada especial.

—Descríbelo –le ordenó Cesare–. Sé mis ojos como cuando compartiste conmigo la imagen de la ecografía.

Mejor no llevar nada, pensó ella, quitándose la combinación y dejándola caer al suelo con un suave susurro de seda. A la luz de la luna, era una pálida figura de redondeadas caderas, piernas delgadas y pechos pequeños pero absolutamente perfectos.

—Llevaba una combinación, pero me la he quitado.

Cesare siguió mirándola sin decir nada. Sus ojos estaban clavados en su cuerpo y, aunque sabía que no podía verla, de repente se sentía muy consciente de su desnudez.

En una ocasión se había preguntado si su falta de inhibiciones con Cesare tenía que ver con el hecho de que no pudiese verla, pero había decidido que disfrutaba de su cuerpo por la sencilla razón de que Cesare lo disfrutaba también.

—¿Crees que se acerca otra tormenta? Noto algo en el aire.

—Se llama tensión sexual, *cara*. Y es lo más lógico durante una noche de boda.

—¡Ten cuidado! Vas a... –las palabras se quedaron en su garganta cuando él la tomó entre sus brazos–. Iba a decir «vas a tropezar», pero nunca tropiezas.

La fortuna debía de estar de su lado ya que había varios obstáculos en su camino.

–*Dio mio*, eres tan preciosa.

–Si no tienes cuidado, un día vas a hacerte daño –susurró Sam.

–Nada podría hacerme tanto daño como no estar dentro de ti ahora mismo.

Ella levantó la barbilla y lo miró con los ojos entrecerrados.

–Ahora mismo me parece bien.

Dejando escapar un gemido ronco, Cesare la tiró suavemente sobre la cama y se colocó sobre su esposa.

Poco después del amanecer, Cesare miró el rostro dormido de Sam. Estaba tumbada de lado, con las mejillas un poco enrojecidas y los pechos, del tamaño perfecto, subiendo y bajando suavemente con cada respiración.

Debería habérselo dicho, pensaba. Había habido varias ocasiones durante la noche en las que estuvo a punto de confesarle la verdad, pero se había contenido para no estropear el momento. Porque estaba seguro de que cuando Samantha se enterase iba a enfadarse mucho con él.

Eran casi las ocho y, como seguía dormida, decidió bajar a la cocina a comer algo.

Una vez abajo, el encanto de la mañana en las altas tierras de Escocia, con su increíble claridad, lo invitaba a salir. El fantástico paisaje, con sus montañas cubiertas de nieve reflejándose en las tranquilas aguas del lago, era muy relajante.

Y, respondiendo a un impulso que durante los últimos meses se había visto obligado a contener, Cesare se quitó la camiseta y, en pantalón corto, se lanzó de cabeza al agua helada y empezó a nadar sin un propósito en concreto, disfrutando de la sensación del agua. No paró hasta que estuvo a unos doscientos metros, flotando de espaldas hasta que el ritmo de su corazón volvió a la normalidad. Sólo cuando estaba a punto de volver oyó los gritos que llegaban desde la orilla.

Sin perder tiempo en absurdas especulaciones, Cesare empezó a nadar... hasta que se encontró a Samantha nadando hacia él.

–*Dio mio*, ¿qué estás haciendo?

Sam, agotada, no podía decir una palabra mientras se dejaba llevar hasta la orilla. Una vez allí, Cesare la dejó sobre el suelo cubierto de brezo y tomó su cara ente las manos.

–¿Qué estabas haciendo, Samantha?

–¿Qué estabas haciendo tú? Me había tirado al agua para ir a buscarte. Podrías haberte ahogado. Dios mío... pensé que te habías ahogado. Sé que no quieres que haga ninguna concesión a tu minusvalía, pero la realidad es que estás ciego, Cesare. Siento que eso te duela, pero no puedes ponerte a nadar en un lago y marcharte a cientos de metros de la orilla... ¡hay cosas que no puedes hacer! ¡Es un suicidio!

—¿Estabas intentando salvarme?

El sonido de su risa hizo que Sam lo viera todo rojo.

Se asustó al encontrarse sola en la habitación, pero sintió verdadero pánico al ver su camiseta tirada a la orilla del lago. ¡Y ahora se estaba riendo!

—¿Por qué haces eso? ¿Por qué te pones en peligro? ¿Estás loco o qué?

—¿Y tú? Estás embarazada, no puedes tirarte a un lago helado...

Claro, estaba embarazada; eso era lo único que le importaba, el niño. Debería haberlo imaginado.

—¡Iba a buscarte! Y, por cierto, te llevarías el primer premio a la hipocresía, Cesare. ¿Tú pensabas en el niño y en el gran padre que ibas a ser cuando decidiste lanzarte al agua?

Cesare arrugó el ceño mientras acariciaba su cara.

—No estaba en peligro, Samantha. Puedo ver.

—¿Qué?

—Que puedo ver.

Sam se llevó una mano al corazón, mirándolo con los ojos como platos.

—¿Puedes ver? ¿Pero cómo... cuándo?

—Desperté ayer y, de repente, había recuperado la vista.

—¿Despertaste ayer y habías recuperado la vista? —repitió ella, incrédula.

—Sí, así es —los ojos oscuros se deslizaron por el camisón mojado que se pegaba a su cuerpo como una segunda piel—. Deberíamos ir dentro, estás empapada.

Sam siguió la dirección de su mirada y levantó

una mano para cubrir sus pechos, aunque no sabía por qué.

–¿Puedes ver y no te ha parecido que debías decírmelo? ¿No se te ha ocurrido decir algo como: «Ah, por cierto, Sam, he recuperado la vista?». ¿Cuándo pensabas decírmelo… o no pensabas decírmelo nunca?

–Acabo de decírtelo, ¿no? –sonrió él, tomando la camiseta del suelo–. Venga, no podemos quedarnos aquí. Estás helada.

–¡Esto es increíble! No puedes contarme algo así y luego actuar como si no pasara nada. ¡No pienso ir a ningún sitio contigo!

–Samantha…

–Durante toda la ceremonia fingiste…

–No estaba fingiendo nada. Si me hubieras preguntado, te habría contestado honestamente.

–¿Honestamente? ¿Tú dices la verdad alguna vez o sólo cuando te conviene? –le espetó ella, furiosa.

–Mira, puedo ver, es un milagro, cuestión de suerte, no sé y me da igual cómo lo llames. El caso es que, afortunadamente, he recuperado la vista.

–¡Pero me lo habías ocultado!

–Cualquiera diría que prefieres un marido ciego –dijo él, atónito.

–¿Cómo puedes decir eso? –exclamó Sam, levantándose–. Este matrimonio está basado en una telaraña de mentiras y ya estoy harta… del matrimonio y de ti.

Sólo había dado un par de pasos cuando Cesare la tomó por la cintura, llevándola así hasta la casa.

–¡Suéltame!

–Deja que te explique un par de cosas, Samantha: basado en mentiras o no, este matrimonio va a durar –le dijo, dirigiéndose a la escalera.

–¿Dónde me llevas? ¿Crees que vas a convencerme en la cama?

–No te llevo a la cama –murmuró él, entrando en el cuarto de baño y abriendo el grifo de la bañera–. Quítate el camisón, estás helada.

–Un «por favor» estaría bien –le recordó Sam que, después de obedecer, se envolvió en una toalla.

–Métete en la bañera... empiezas a estar amoratada.

–Si no te importa, prefería un poco de intimidad.

–Lo he visto todo antes, ¿recuerdas? Y, para tu información, me gusta mucho –dijo Cesare, alargando la mano para quitarle la toalla.

Sam dejó escapar un gemido y se lanzó a la bañera, sumergiéndose dentro de las burbujas.

–Si mañana despierto ciego, al menos te habré visto una vez.

Ella se puso rígida.

–¿Lo dices en serio, crees que podrías perder la vista otra vez?

–No lo sé.

–Cesare, dime la verdad por una vez.

Distraído por las burbujas que acariciaban sus senos, él no contestó inmediatamente.

–*Madre di Dio!* Eres perfecta, *cara*.

Sam intentó mostrarse serena, nada fácil cuando estaba desnuda, pero era imposible no dejarse afectar por la sinceridad de su voz y el brillo de deseo que había en sus ojos.

—Pues no vas a ver nada más hasta que me lo cuentes todo.

—Eso es chantaje...

—Cesare, por favor, estoy hablando en serio. Quiero que me cuentes la verdad. Si vas a volver a perder la vista...

—Relájate, nadie ha dicho que eso vaya a ocurrir. Pero es una posibilidad.

—Pero te habrán hecho pruebas, análisis. No esperarán que vivas con esa inseguridad... es inhumano. Tienes que ir a ver a un especialista.

—Tengo entendido que están investigando —dijo él.

—¿Pero te has hecho las pruebas o no?

Cesare se encogió de hombros.

—Lo que tenga que ocurrir, ocurrirá. Y no he tenido tiempo para hacerme pruebas. Tenía que ir a una boda y nada iba a impedir que lo hiciera.

Ella parpadeó, atónita.

—¿No te hiciste las pruebas para acudir a la boda?

Eran dos milagros: Cesare podía ver y la amaba. Sam estuvo a punto de decirle que ella sentía lo mismo, pero una innata precaución se lo impidió.

—Lo quería todo por escrito, de manera legal, incluyendo nuestro matrimonio. De ese modo los abogados podían empezar a redactar los detalles de un fideicomiso a nombre del niño. Y no creo que haya nada que tú desapruebes...

La sonrisa de Sam se disolvió, pero afortunadamente logró disimular. Para ser alguien cuyo corazón parecía haber sido aplastado por una estampida, se mostraba extraordinariamente tranquila.

—Confío en tu buen juicio en lo que se refiere a asuntos económicos.

Desde luego era mucho mejor que el suyo en los asuntos del corazón. ¿Cómo había podido imaginar por un segundo que Cesare la amaba? Sólo estaba interesado en el niño, en el fideicomiso, en dejar claro que era su hijo legalmente.

El sexo era maravilloso, pero tenía que dejar de soñar. Sería absurdo pensar que el sexo y el amor iban juntos para un hombre como Cesare Brunelli. Ojalá a ella le pasara lo mismo.

Había estado a punto de cometer el error de pensar que era el amor que sentía por su esposa lo que lo había hecho dejar a un lado algo tan importante para su salud.

Y no volvería a hacerlo.

—Le dije al médico que me pondría en contacto con él cuando volviera a Londres...

—¿Quería que ingresaras en un hospital para hacerte las pruebas?

—Sí, pero...

—Eres un imbécil, Cesare. Podrías haber hecho un daño irreparable a tus ojos...

—No seas tan melodramática, Samantha. Como he dicho, iré al médico en cuanto volvamos a Londres la semana que viene.

—¡Melodramática! ¡Estamos hablando de estar ciego o no estarlo! Tenemos que volver a Londres inmediatamente. ¿Crees que voy a quedarme aquí cuando sé que deberías estar en un hospital? Eres el hombre más egoísta que he conocido en toda mi vida.

Su apasionamiento lo dejó sorprendido.

–¿Egoísta? Pues no me decías eso anoche.

–Eres un gran amante, lo admito –dijo ella–. Y no siempre eres imposible, pero no nos hemos casado por el sexo o porque estemos enamorados – Sam dejó escapar una risita irónica para demostrarle que tal cosa ni siquiera se le había pasado por la cabeza pero, desafortunadamente, le salió un poco histérica.

–No, claro, eso sería imposible –murmuró Cesare, muy serio.

–Nos hemos casado porque vamos a tener un hijo... y seguramente habrá razones peores para casarse. Yo conozco parejas que se casaron por amor y cuyo matrimonio se rompió en un par de meses.

–Mientras que nosotros ya les llevamos ventaja porque tú ya me odias.

Sam arrugó el ceño.

–Yo no te odio, pero estoy enfadada porque no pareces darte cuenta de que tu primera obligación es cuidar tu salud.

Claro que, si el suyo fuera un matrimonio normal, podría haberle dicho que, si *ella* le importase un poco, no se arriesgaría tontamente.

–Este niño es la razón por la que nos hemos casado –insistió, llevándose las manos al abdomen–. Y tú pareces haberlo olvidado.

–Sí, es verdad. Pero no te preocupes, Samantha, he entendido cada palabra de tu sermón –dijo Cesare, sacudiendo la cabeza.

–¿Entonces te marchas?

Él puso una mano sobre su hombro y, sin pensar, Sam giró la cabeza para frotarse contra ella.

—No podemos irnos hasta esta tarde.
—Pero vas a ir a médico para que te hagan esas pruebas.
—Sí, lo haré. Estás exagerando, pero lo haré.
—¿Cómo puedes haber sido tan tonto?
—Déjalo, Samantha. Creo que ya ha quedado claro. Pero si algo me ha enseñado la ceguera, *cara*, es que no se debe perder ni un solo momento. Hay que disfrutar de la vida, vivirla mientras puedas antes de que el destino te arrebate lo que tienes.

Suspirando, se inclinó para apretarla contra su torso. Se quedaron así durante mucho tiempo, sin decir nada y, por fin, sintió que se relajaba... sólo entonces la sacó del agua para secarla suavemente con la toalla.

—Puedo hacerlo yo.

Sonriendo, él la tomó en brazos para llevarla al dormitorio y dejarla sobre la cama.

—Con el pelo así pareces una sirena... —Cesare vio que cerraba los ojos—. ¿Estás cansada?

—Sólo necesito cerrar los ojos un momento. La verdad, no sé por qué estoy tan cansada. Afortunadamente, dicen que el cansancio desaparece después de los tres primeros meses...

Se quedó dormida inmediatamente y Cesare pensó que, aunque el destino los había unido, era hora de que el destino diera un paso atrás. Porque él pensaba hacerse cargo de la situación a partir de aquel momento.

Sam estaba en la ducha cuando Cesare abrió la puerta del baño. Al verlo tan sexy con unos vaqueros y una camisa blanca que destacaba el precioso tono dorado de su piel, Sam tragó saliva, cubriéndose los pechos con una mano. Aunque era ilógico porque habían estado haciendo el amor hasta unos minutos antes.

–¿Es que no puedo darme una ducha a solas?
–No. Además, yo podría enjabonarte.

Sam miró el jabón que tenía en la mano y dejó escapar un suspiro. Era una tentación, pero el helicóptero que iba a llevarlos a Londres llegaría en cualquier momento y aún tenía que secarse y vestirse.

Entre sus brazos había perdido la noción del tiempo, como siempre; lo único que deseaba era tener a Cesare dentro de ella, haciendo que se sintiera completa. Cada día era más tierno, pensó, recordando cómo la había abrazado cuando llegó al orgasmo…

–No es de buena educación quedarse mirando fijamente a alguien.

Aunque podrían acusarla a ella de lo mismo.

–Yo puedo mirar, tengo una dispensa especial –rió Cesare–. Estaba ciego, así que ahora aprecio cosas en las que no me hubiera fijado antes.

Sam torció el gesto.

–¿Cosas como yo, quieres decir?

–No seas tonta, por supuesto que no me refería a ti –sonrió él mientras le ofrecía una toalla–. No sé por qué te sientes tan insegura, Samantha. ¿No te he demostrado muchas veces que te encuentro preciosa? ¿No te lo he dicho?

–Sí, lo has hecho –asintió Sam.

Le había dicho muchas cosas que ella quería creer

y otras que la hacían ruborizarse. Cesare no era en absoluto inhibido en la cama; al contrario, era muy elocuente. Aunque a veces, en los momentos de pasión, hablaba en italiano. ¡Y cómo le gustaría entender lo que decía!

—¿Cuántas veces voy a tener que decírtelas antes de que las creas?

—Te lo diré cuando lo sepa —dijo ella.

Cesare sacudió la cabeza en actitud resignada.

—Entonces tendré que esforzarme más.

Un segundo después escucharon el sonido de un helicóptero al otro lado de la ventana.

—¿Seguro que quieres que volvamos hoy a Londres?

Sam se dio cuenta de que había miedo en esa pregunta.

—Cesare, da igual lo que pase con tu vista… todo va a ir bien.

Capítulo 11

VEINTICUATRO horas después, el equipo médico había revisado la batería de pruebas a las que habían sometido a Cesare. Y, para Sam, habían sido las veinticuatro horas más largas de su vida. Mientras esperaba el veredicto se sentía físicamente enferma de aprensión. Pero, irónicamente, era Cesare quien tenía que consolarla.

No era un milagro, les explicó el jefe de oftalmología. Había una explicación médica para lo que había ocurrido. Luego empezó a hablarles de diagramas y análisis mientras Cesare le hacía preguntas y Sam se contuvo hasta que el médico empezó a contarles un caso similar que un colega suyo había tenido que tratar en Estados unidos. Entonces, pensando que ya era más que suficiente, se levantó de la silla.

–Todo eso es muy interesante, pero lo que queremos saber es si está curado del todo. ¿Cesare ha recuperado la vista para siempre o no?

El médico la miró, sorprendido.

–No sé cómo decirle esto, señora Brunelli: ojalá tuviera yo la visión que tiene su marido.

Sam se dejó caer sobre la silla.

–Ah, muy bien. Me alegro.

—Yo también, *cara* –sonrió Cesare.

A partir de ese momento dejó de prestarle atención a la conversación y, cuando por fin volvieron al coche, casi había dejado de temblar. Cesare parecía increíblemente relajado hasta que anunciaron en la radio que «el millonario Cesare Brunelli, que perdió la vista en un trágico accidente después de sacar heroicamente a una niña de un coche en llamas, estaba curado».

—¿Rescataste a una niña? –exclamó Sam, atónita–. Me dijiste que habías quedado ciego después de una operación...

—Y así fue. Me había fracturado el cráneo y tuvieron que operarme.

—¿Te fracturaste el cráneo al intentar salvar a la niña?

—El coche explotó cuando la saqué –suspiró él. La explosión los había lanzado al otro lado de la carretera–. Cualquiera hubiera hecho lo que yo hice.

—Lo dudo –murmuró ella, estudiando su cara–. Ah, nunca pensé que te pondrías colorado por algo.

Cesare volvió la cara para concentrarse en el tráfico.

—No soy un héroe, no te hagas ilusiones. Sólo estaba en el sitio adecuado en el momento justo.

—Muy bien, si te gusta que te considere un villano... ¿cómo está la niña?

—Afortunadamente, bien. Y los periodistas han dejado de molestar a la familia. A los reporteros les encantan las etiquetas, de modo que yo era un héroe... a expensas de los padres.

–¿Por qué?
–Porque salieron del coche dejando a Lilly en el asiento de atrás. Lo que no contaron fue que el padre tuvo que sacar a su mujer, que estaba desmayada, y luego él mismo perdió el conocimiento.

Ah, eso explicaba que no le gustasen los periodistas.

–¿Y cómo se han enterado de que has recuperado la vista? Acabamos de salir del hospital...
–Evidentemente, alguien les pasa información... podría ser cualquiera.
–Me sorprende que no hayan dicho nada de nuestra boda.
–No han tenido que hacerlo, yo acabo de enviar un comunicado de prensa.
–¿Qué? –Sam lo miró, horrorizada.
–Que he enviado un comunicado anunciando nuestro matrimonio.
–Pero entonces se enterará mi familia... y yo no les he dicho nada todavía.
–Ah, no había pensado en eso. Si quieres, hablaré con tu hermano para explicarle la situación.
–No, gracias –dijo Sam. La información que pensaba darle a su protector hermano iba a ser cuidadosamente censurada.

Cuando llegaron a casa, Samantha entró en el dormitorio para llamar a Ian y, aunque Cesare tenía una idea muy diferente sobre cómo celebrar la buena noticia, no puso objeciones.

Pero cuando se quedó solo tuvo una idea excelente.

De modo que informó al ama de llaves de que iba

a salir y, si su mujer preguntaba, debía decirle que volvería muy pronto.

Para alivio de Sam, ni Ian ni Clare se habían enterado de la boda. La conversación no fue fácil, en parte porque su hermano se tomó el anuncio de que se había casado con un millonario italiano como una broma.

—Sí, claro, y ahora estás nadando en dinero.

Cuando pudo convencerlo de que no estaba bromeando, la respuesta de Ian no fue muy entusiasta.

—¿Estás loca, Sam?

—¿Loca por casarme? Tú también estás casado, que yo sepa.

—Pero si apenas conoces a ese hombre... y dicen que tiene billones, no millones.

—Tú te casaste con la hija de un aristócrata siendo el hijo de un tendero —le recordó Sam—. Además, no me he casado con él por su dinero.

—¿Se puede saber cómo lo conociste? ¿No salía con una actriz rubia muy famosa?

—Sí, pero evidentemente ya no sale con ella.

—Sam, tú no puedes competir con ese tipo de mujeres...

—¿Quieres decir que yo no soy guapa? —exclamó Sam, dolida.

—Bueno, no estás mal —rió su hermano.

—¿No se te ha ocurrido pensar que Cesare me quiere?

—¿Y a ti no se te ha ocurrido pensar que un hombre así se aburrirá pronto de ti?

–¿Cómo te atreves a juzgar a mi marido sin conocerlo? –replicó ella, indignada–. Lo único que sabes de él es lo que dicen en la prensa.

–Y espero estar equivocado, pero...

–¡Estoy embarazada, Ian!

Después de decirle que había cometido el mayor error de su vida, su hermano le pasó a Clare, que hizo lo mismo pero con más tacto y ofreciéndole apoyo durante el embarazo.

Sam estaba deprimida y con la autoestima por los suelos después de colgar. Y su humor no mejoró cuando el ama de llaves le dijo no sólo que Cesare había salido, sino que tenía una visita.

–Es esa actriz, Candice Royal. Le dije que el señor Brunelli había salido, pero entró como si estuviera en su propia casa y está esperando en el salón –suspiró la mujer, contrita.

Sam levantó la barbilla, orgullosa. ¿Cómo se atrevía a ir allí sin ser invitada? Candice debía saber que Cesare estaba casado. ¿Iba a causar problemas o sería una visita amistosa?

Tal vez aquélla era la manera civilizada de hacer las cosas, pero Sam no se sentía muy civilizada en aquel momento.

–Podría llamar a Paolo para que la echase –sugirió el ama de llaves.

–No, no hace falta –dijo Sam–. Hablaré con ella.

Sabía que su embarazo aún no se notaba, pero estaba en ese momento en el que, sencillamente, se sentía gorda. Y en cuanto puso los ojos en su inesperada visitante, con su fabulosa melena rubia, su estatura y sus piernas interminables, no sólo se sintió gorda, sino pequeña y fea.

La rubia llevaba un traje de chaqueta blanco con un elegante cinturón negro y, bajo el escote de la chaqueta, se podía intuir un busto que desafiaba a la gravedad.

–¿Lleva mucho tiempo esperando? –le preguntó, obligándose a sí misma a sonreír–. ¿Quiere tomar un té? Señora Havers...

El ama de llaves, que había entrado detrás de Sam, lanzó una mirada de desaprobación hacia la rubia antes de darse la vuelta.

Candice sonrió.

–Qué suerte tiene. Con lo difícil que es encontrar servicio hoy en día.

–La señora Havers me ha ayudado mucho.

–Sí, claro, imagino que no sabe usted nada sobre llevar una casa como ésta. ¿Sabe que es muy pequeña comparada con el castillo de la Toscana? Y el apartamento de Nueva York es magnífico. De la decoración se encargó...

No había que ser un genio para darse cuenta de que Candice estaba intentando hacer que se sintiera como una advenediza... y lo estaba consiguiendo. Pero Sam decidió que dos podían jugar al mismo juego.

–Cesare está pensando vender el apartamento de Nueva York y comprar algo más... en fin, una casa para los niños. En cabo Cod quizá.

–Sí, ya sé que está embarazada. Pero no me imagino a Cesare con una familia.

—¿Ah, no? ¿Nunca le dijo que quería tener cinco hijos? —mintió Sam, con toda tranquilidad.

La rubia la miró con cara de horror.

—¿Cesare quiere tener cinco hijos?

—Yo le he dicho que cuatro son suficientes. ¿Qué le parece?

—Yo no soy una experta en niños, pero adoro a mi pequeño Eduardo.

Sam imaginó que hablaba de algún sobrino... hasta que Candice levantó la tapa del elegante bolso que llevaba al hombro y, de repente, vio asomar la cabecita de un perro con un lacito rosa.

—Por eso me sorprende que Cesare quiera tener hijos. Nunca le gustó Eduardo... en realidad, era muy cruel con él.

—Qué raro —murmuró Sam.

—Y él es muy sensible, ¿verdad, cariño? —Candice levantó la cabeza para mirar de arriba abajo a Sam—. ¿Ha contratado ya a un entrenador personal? Para después del embarazo quiero decir.

—Pues no, la verdad es que no lo había pensado.

—¡No tiene entrenador! ¿Y cómo piensa volver a recuperar la forma física?

—Poco a poco, espero. Cuidar del niño me tendrá ocupada veinticuatro horas al día, así que...

—Mis amigas casadas dicen que lo mejor es tener una niñera por la mañana y otra por la noche.

Sam rió al ver la expresión de la otra mujer cuando le dijo que no pensaba tener niñeras.

—Pero no me ha dicho para qué ha venido, señorita...

—Llámame Candice, por favor. Esperaba que Cesare estuviera contigo, pero en fin... tal vez sea mejor que tengamos una charla privada. ¿Es verdad lo que dicen?

–¿A qué te refieres?

–¿Ha recuperado la vista?

–Sí, así es.

Candice se dejó caer sobre una silla, cruzando elegantemente las piernas.

–Gracias a Dios –murmuró, sacando un pañuelo del bolso con el que se secó unas lágrimas inexistentes–. Lo siento, pero tú no sabes lo que eso significa para mí. Supongo que sabrás que estábamos prometidos.

–La verdad es que Cesare nunca me ha hablado de ti, pero supuse que...

–Yo lo había dejado después del accidente –la interrumpió Candice–. Sí, eso es lo que pensó todo el mundo, pero en realidad fue Cesare quien cortó conmigo. Dijo que me amaba demasiado como para cargarme con un marido ciego. Yo intenté disuadirlo, por supuesto, pero él decía que no sería justo para mí.

–Qué noble –murmuró Sam.

–Cesare es mi alma gemela –dijo la rubia, con un tono lloroso tan falso como sus pechos.

«Y yo soy su mujer», pensó ella.

–Así que ya ves –siguió Candice– por qué la noticia me ha emocionado tanto. Claro que tú no puedes saber lo que siento... pero ahora nada podrá separarnos.

–¿Perdona?

–La única razón por la que nos separamos fueron

sus ridículos escrúpulos, pero ahora que ha recuperado la vista ya no hay nada que se interponga en nuestro camino.

Sam la miró fijamente. Aquella mujer era increíble.

—Además de una esposa y un hijo, ¿no te parece?

—Sí, claro, supongo que esto debe de ser difícil para ti. Imagino que le tendrás cariño a tu manera...

Sam se levantó de la silla, despacio porque las piernas no la sostenían.

—Yo amo a Cesare —la corrigió, llevándose una mano al pecho—. Le quiero como una esposa ama a su marido.

Candice pareció sorprendida por su vehemencia.

—Si le quieres, supongo que querrás que sea feliz.

—Cesare *es* feliz.

—Seguro que finge serlo, pero piénsalo...

—¿Qué tengo que pensar? —la interrumpió Sam, aunque sabía perfectamente de qué estaba hablando.

—Mira, no quiero ser cruel...

—Pero vas a serlo de todas formas, ¿verdad?

—¿Tú eres la clase de chica que atrae a hombres como Cesare Brunelli? Por favor, es evidente que no está a tu alcance.

—Tú no sabes nada sobre mí y mucho menos quién o qué está a mi alcance.

—Seguro que tú eres una buena chica, pero Cesare es un hombre y los hombres no están interesados en la personalidad o en la bondad. Un hombre en la posición de Cesare tiene que dar cierta imagen y su mujer es parte de esa imagen.

—Una esposa trofeo quieres decir.

La rubia se encogió de hombros.

—Si quieres llamarlo así...

Unos meses antes, cuando Cesare Brunelli sólo era un nombre en un artículo periodístico, ella podría haber estado de acuerdo. Incluso podría haber dicho lo mismo si alguien le hubiera preguntado su opinión sobre el millonario.

Pero las cosas habían cambiado.

—A Cesare le importa un bledo lo que la gente piense de él.

—Me parece que yo lo conozco un poco mejor que tú —replicó Candice.

—¿De verdad crees que es tan frívolo?

Por primera vez, la rubia perdió su aire condescendiente.

—¡Es un hombre!

Un hombre que había apretado su mano con fuerza mientras le descubría las imágenes que veía en la ecografía. No, el hombre con el que se había casado era muchas cosas, pero no era un frívolo.

—Tú no estás enamorada de Cesare, ¿verdad? Creo que ni siquiera te cae bien.

—La cuestión es que tampoco está enamorado de ti —replicó Candice—. No es por eso por lo que se ha casado contigo. Tú lo has atrapado quedándote embarazada. De no haber estado ciego, no te habría hecho ni caso.

Sólo el orgullo impidió que Sam se encogiera ante tan calculada crueldad.

—Yo no intentaba atraparlo.

—Te quedaste embarazada.

—No lo hice sola.

Respirando profundamente, la rubia se levantó con toda dignidad. Sam hizo lo mismo, pero de inmediato se sintió en desventaja.

–Mira, he hecho un esfuerzo. He intentado ser amable...

–Lo dices como si la conclusión fuera que Cesare va a dejarme por ti.

Candice sacudió su larga y lisa melena, riendo.

–Lo único que tengo que hacer es esto –dijo, chascando los dedos.

–Pues entonces hazlo –le aconsejó Sam–. Pero yo no pienso rendirme sin luchar.

Capítulo 12

CUANDO oyó la voz de Cesare en el pasillo una hora después, Sam había decidido pedirle el divorcio. Se había hecho la fuerte delante de Candice, pero no quería ser el premio de consolación para nadie. Podía quedarse con la rubia y que fuera feliz. Ella no iba a competir por los favores de ningún hombre.

–¡Y espero que se hagan felices el uno al otro! –masculló, con los dientes apretados.

Pero cuando él entró en el salón diez segundos después, había cambiado de opinión. ¿Por qué iba a darle la libertad? ¿Por qué iba a ponerle las cosas tan fáciles a aquella horrible mujer?

Por su hijo, al menos debería luchar. Además, por irritante que fuera Cesare, de verdad pensaba que se merecía algo más que aquella frívola y cruel rubia.

Cesare tardó dos segundos en descubrir que algo no iba bien. El tormentoso brillo en los ojos azules lo dejaba bien claro.

–Ah, vaya, por fin apareces. Supongo que debería estarte agradecida.

–¿Qué he hecho ahora?

–Nada, absolutamente nada –murmuró Sam.

–¿Vas a contarme qué ha pasado, *cara*?

—Que mientras estabas fuera he decidido pedir el divorcio.

La expresión de Cesare seguía siendo inescrutable.

—¿Vas a explicarme por qué?

No era fácil pensar cuando sus ojos negros se clavaban en ella de esa manera.

—No tengo por qué darte explicaciones.

—Considerando que acabamos de volver de nuestra luna de miel, ¿no te parece un poco prematuro? ¿Y qué te hace pensar que yo te daría el divorcio?

Sam se encogió de hombros.

—Da igual lo que digas, he tomado una decisión.

—¿Y puedo saber qué he hecho para merecer ese castigo? —suspiró él.

—¡No me hables en ese tono tan paternalista!

Cesare se acercó en dos zancadas para tomarla por los hombros.

—¿Y qué tono debo usar cuando mi mujer me anuncia que quiere el divorcio? ¿Tú sabes lo que duele eso?

Sam apretó los puños, pero en cuanto cerró los ojos su rabia se convirtió en tristeza y un sollozo escapó de su garganta.

—¿Samantha…?

Incapaz de responder, ella negó con la cabeza.

—No soy feliz —logró decir.

Esas palabras fueron como un cuchillo en el corazón de Cesare, un órgano que nunca antes le había dado ningún problema, y juró que haría lo que tuviera que hacer para que la persona que lo había despertado a la vida fuera feliz.

¿Aunque eso significara dejarla ir?

Cesare, el primero en admitir que no era un santo, se negaba a contemplar esa posibilidad. La idea de que otro hombre la tocase lo hacía temblar de ira.

–Cambiaré.

–No...

–¿No crees que pueda hacerlo?

–Creo que puedes hacer todo lo que te propongas –le confesó ella–. ¿Pero por qué ibas a querer cambiar?

A ella le parecía perfecto y no sería Cesare Brunelli si no fuera ridículamente orgulloso y obstinado.

–Porque no te hago feliz –dijo él, tomándola por la cintura–. Podemos intentarlo y lo primero que vamos a hacer...

Una risa histérica escapó de la garganta de Sam.

–¿Vas a decidirlo tú solo?

–Lo siento, perdona. ¿Por qué no eres feliz, Samantha?

–¿Tú qué crees? Me preguntas si sé lo que duele que no te quieran...

–*Per amore di Dio*... ¿se puedes saber qué he hecho?

Sam respiró profundamente.

–Te diré lo que has hecho: ¿sabes lo que se siente cuando tu ex aparece aquí y me cuenta que ella no te dejó después del accidente sino que fue al revés?

–¿Candice? –exclamó él, perplejo.

–¿Es que tienes otra ex por ahí?

–¿Candice ha venido a verte? –Cesare sacudió la cabeza. De todo lo que había anticipado que podía pasar, aquello ni siquiera se le había ocurrido.

—¿Es verdad, fuiste tú quien rompió el compromiso?
—Sí.

Sam dejó escapar un largo y doloroso suspiro. Se sentía totalmente desinflada.

—Entonces, es verdad.

—¿Qué te ha contado Candice, Samantha?

—Que no quisiste casarte con ella porque no querías cargarla con un marido ciego. Que la amabas y por eso...

—Samantha...

—Y que sólo te habías casado conmigo porque estaba embarazada. Aunque sé que eso es verdad –admitió Sam–, no me hizo ninguna gracia. Ah, también me dijo que si no hubieras estado ciego, no te habrías acostado conmigo y...

—Parece que Candice ha dicho demasiado y, según parece, tú te has creído cada palabra.

—La verdad es que tú nunca me has contado nada sobre ella. Y ahora entiendo por qué.

—No entiendes nada, Samantha –suspiró Cesare–. La razón por la que nunca he mencionado a Candice es porque no me importa en absoluto.

—Pero has admitido...

—¿Esto qué es, un juicio? –la interrumpió él, airado–. Fuiste tú quien me dijo que era un egoísta, así que no entiendo que me creas capaz de tal sacrificio. Puede que no te dieras cuenta, pero cuando te pedí que te casaras conmigo pensé que estaría ciego durante el resto de mi vida. Y no tuve el menor problema en atarte a ti a un hombre ciego.

—Pero también dijiste que el matrimonio no tiene que durar para siempre.

—Yo nunca diría algo así.
—¡Pero lo dijiste!
Cesare se encogió de hombros.
—Bueno, tal vez lo hice como una observación general. No hablaba de nuestra situación. Otras personas pueden divorciarse, pero nuestro matrimonio es para siempre.
—Además, tú no me *pediste* que me casara contigo, me dijiste que íbamos a casarnos –siguió Sam, buscando un pañuelo en el bolsillo. Pero no iba a llorar y no iba a suplicar. No podía hacer que la amase contra su voluntad–. Y no estás enamorado de mí. Sólo te casaste conmigo porque íbamos a tener un hijo y me parece bien... no, no me parece bien –dijo entonces–, pero acepto las cosas como son.
Cesare tomó su cara entre las manos.
—Pues yo no puedo aceptar las cosas como son. Samantha, escúchame: rompí con Candice pero no después del accidente.
—No te entiendo.
—Terminé mi relación con Candice dos semanas antes.
—Pero ella...
—Ella tiene una relación muy flexible con la verdad –sonrió Cesare–. Rompí con Candice el día que descubrí que se acostaba con otro mientras yo estaba en viaje de negocios. ¿Y quieres saber lo que sentí entonces?
Saber lo que había sentido al ser traicionado por una mujer de la que estaba enamorado no era algo que Sam quisiera compartir.

–¡Tú no eres frío! –protestó Sam.

–*Cara*, antes de conocerte había convertido el cinismo en una forma de arte. En cuanto a Candice, no esperaba nada de ella, pero tampoco esperaba que se acostase con otros hombres en cuanto yo me fuera del país. Y lo del accidente fue un golpe para ella porque la gente pensó que me había dejado al quedarme ciego y nadie quería contratarla. Lo siento por Candice, la verdad.

–No podría haberle ocurrido a una persona mejor –dijo Sam, irónica.

La evidencia de sus celos lo hizo sonreír con una mezcla de satisfacción y alivio.

–Puede que no te hayas dado cuenta, pero estás enamorada de mí.

–¿Tú crees?

–Lo sé –dijo Cesare, con su habitual arrogancia; una arrogancia que, en realidad, ella echaría de menos.

–Pues te equivocas, me he dado cuenta. De hecho, lo sabía antes de que nos casáramos. Te quiero, Cesare.

Después de unos segundos de silencio, él se apoderó de su boca y la besó hasta que le daba vueltas la cabeza. Y cuando dejó de besarla la abrazó, mirando su cara como si fuera la cosa más perfecta que había visto en toda su vida.

–Mis sentimientos por ti, Samantha...

–¿Sientes algo por mí? –preguntó ella inocentemente. Cuáles eran sus sentimientos por ella era algo que Sam estaba encantada de explorar.

–¿Cómo puedes preguntarme eso? La verdad es

—¿Traicionado, humillado? —sugirió.

—No, me sentí aliviado.

—¿Aliviado?

—Sí, porque así todo era más sencillo. Yo no me hacía ninguna ilusión sobre sus sentimientos por mí. El amor de su vida es y será siempre el bolso último modelo que todo el mundo quiere llevar. Es una chica muy práctica y sabe que la vida profesional de una actriz cuyo único talento consiste en tener un buen cuerpo y una bonita cara es muy limitada. Sólo es un medio para seguir comprando bolsos.

—¿Y por qué ibas a casarte con ella?

—Confieso que mis motivos eran tan egoístas y tan triviales como los de Candice —Cesare hizo un gesto de disgusto—. Jamás pensé que el matrimonio con ella pudiera durar para siempre... nunca pensé en ello como algo serio, sagrado. Los de su departamento de publicidad no dejaban de molestarme sobre la conveniencia de un posible compromiso, y cuando un periodista me preguntó si era verdad cometí el error de contestar con una ironía. Lamentablemente, los que trabajan en ese tipo de revistas no suelen entender las ironías.

—Pero podrías haberlo negado.

—Podría y debería haberlo hecho —suspiró él—. Pero si quieres que te sea sincero, tenía la sospecha de que algún día podría convertirme en mi padre —la revulsión que le producía esa idea era evidente—. Como él, también yo he tenido relaciones vacías toda mi vida y pensé que, si iba a casarme, debía hacerlo con alguien tan frío como yo, alguien a quien no pudiera hacerle daño.

que yo no podía ponerles nombre porque nunca los había tenido antes. No sabía lo que era el amor y no lo reconocí ni siquiera cuando lo tenía delante. Cada vez que oía tu voz o te tocaba... cuando no podía verte imaginaba tu cara, tu preciosa cara. Y cuando hice los votos lo supe, Samantha.

La emoción que había en su voz la tocó en el alma.

–Cuando levantaste el velo me quedé sin aliento. No sabía ni dónde estaba, pero por fin pude reconocer lo que sentía... estaba enamorado. Tú me has salvado, Samantha. Había conseguido alejar a todo el mundo y los que seguían conmigo no se atrevían a decirme que era un cobarde... pero tú lo hiciste. Tú te convertiste en la luz de mi vida y te estoy inmensamente agradecido.

Sam apretó los labios, emocionada.

–No quiero tu gratitud.

–Pero la tienes de todas formas, *cara*. Y con ella, mi amor. Puede que tampoco lo quieras, pero es tuyo –dijo él, tomando su mano para llevársela al pecho–. Y mi corazón.

Ella cerró los ojos mientras su propio corazón explotaba de alegría.

–Lo acepto, cariño.

–Ah, y esto también tienes que aceptarlo –Cesare se apartó un momento para sacar una cajita de terciopelo del bolsillo de la chaqueta, que había tirado sobre uno de los sofás–. No estoy intentando comprar tu amor, pero quería darte algo que expresara lo que yo no podía expresar con palabras.

–No lo has hecho tan mal –dijo Sam con voz ronca,

levantado la tapa. Dentro de la caja había un collar de zafiros montados en oro.

—Quería hacer algo por ti que no hubiera hecho por nadie. ¿Quieres creer que nunca le había comprado personalmente un regalo a una mujer? —rió Cesare—. Sé que no son las joyas de la corona, pero si las quieres las compraré... o las robaré si hace falta. Pero ese color, ese precioso azul me recuerda a tus ojos...

Un suspiro escapó de la garganta de Sam y todas sus dudas desaparecieron.

—Es precioso, Cesare.

—La idea de volver a perder la vista me horroriza, pero no tanto como la idea de perderte, Samantha.

Ella tomó su mano y la puso sobre su abdomen.

—No vas a perderme, Cesare. Ni al niño —le prometió, sus ojos brillando con la profundidad del amor que sentía por aquel hombre.

Epílogo

UN AÑO y seis meses después estaban arreglándose para una gala organizada en el *palazzo* veneciano de un amigo de Cesare, y Sam salía de puntillas de la habitación donde dormía su hija de un año, Natalia, cuando él apareció en el pasillo exigiendo saber dónde había puesto sus gemelos favoritos.

—Baja la voz —lo regañó ella—. La niña se acaba de dormir. He tenido que contarle la historia del osito tres veces y, si tengo que volver a contársela, me va a dar algo.

—Pues vas a tener que escribir otro libro, *cara* —rió Cesare.

—¿Porque me sobra mucho tiempo? —replicó Sam, irónica.

Desde que dio a luz el año anterior apenas había tenido un minuto para sí misma. Cesare, sin que ella lo supiera, había llevado el cuento que había escrito mientras estaba embarazada a un editor amigo suyo y éste se mostró encantado de publicarlo. Además había tenido que pasar varias semanas promocionándolo cuando aún estaba dándole el pecho al bebé y eso requería cierta logística y mucha energía.

El problema, si el éxito podía llamarse un problema, era que el cuento no sólo había gustado a su hija, sino a miles de niños y su editor insistía en que escribiera más.

Ser la esposa de Cesare también era un trabajo a tiempo completo y, además, pertenecía a varias asociaciones benéficas que intentaban reducir el analfabetismo entre los adultos. Pero sabía que durante los próximos meses podría estar particularmente cansada y era un tema que debía hablar con su marido lo antes posible.

–¡Estás increíble, *cara mia*! –exclamó Cesare, observando la túnica estilo griego que dejaba un hombro al descubierto.

–Tú tampoco estás mal –sonrió Sam.

Cesare llevaba la camisa desabrochada y, como siempre que veía aquel ancho torso, sintió una ola de calor por todo el cuerpo... pero dio un paso atrás, riendo, cuando su marido intentó abrazarla.

–¿Tienes idea del tiempo que he tardado en hacerme este moño?

–Pero estoy seguro de que no tardaría nada en deshacerlo –observó él.

–Eso es lo que me preocupa.

Sonriendo, Cesare asomó la cabeza en la habitación de Natalia.

–No voy a despertarla, te lo prometo –murmuró, tomándola por la cintura–. Es maravillosa, ¿verdad? La segunda mujer más bella del mundo después de mi esposa. Y el hecho de haber estado a punto de perderte durante el parto...

–No estuviste a punto de perderme, exagerado. Miles de mujeres se hacen cesáreas.

—Una cesárea de emergencia —le recordó él—. Tú sabes que esa noche me robó diez años de vida.

—Esta vez la cesárea será programada... bueno, eso si el próximo niño es tan grande como nuestra pequeña elefanta.

—¿Has dicho «esta vez»?

—Estoy embarazada de diez semanas —sonrió Sam—. ¿Te alegras? Sé que no lo habíamos planeado, pero...

—¿Que si me alegro? —Cesare tomó su cara entre las manos—. Antes de tenerte a ti y a Natalia me creía un hombre feliz. Dormía bien y no tenía preocupaciones. Nunca tuve miedo por la sencilla razón de que no tenía nada que no pudiera ser reemplazado —luego sacudió la cabeza, asombrado de haber sobrevivido tanto tiempo sin ellas—. Mis chicas son absolutamente irremplazables, dos joyas.

La sincera declaración llevó lágrimas a los ojos de Sam.

—Mira, me has hecho llorar... tonto. He tardado horas en maquillarme.

—¡Ahora soy feliz! —rió Cesare, tomando su mano para ponerla sobre su pecho—. Me moriré de miedo hasta que nazca el niño —admitió—, pero esta vez estaré mejor preparado. Aunque vas a hacer que me salgan canas.

Sam rió, acariciando su pelo negro.

—No tienes una sola cana.

—¿Y cuando las tenga me seguirás queriendo?

—Te voy a querer siempre, amor mío. Aunque si te quedaras calvo... en fin, una chica tiene que poner el límite en algún sitio.

—Y un hombre también. Y mi límite es compartirte con nadie esta noche –decidió Cesare–. Además, con ese vestido romperías demasiados corazones. ¿Nos quedamos en casa?

La oferta era muy tentadora.

–¿Y Draco no se enfadará?

–Olvídate de Draco y piensa en mí –dijo él, tomándola por la cintura para apoderarse de su boca.

Cuando se apartó, Sam tenía una sonrisa soñadora en los labios.

–Nunca dejo de pensar en ti, cariño. Además, un hombre no puede ir a una fiesta sin sus gemelos favoritos… estoy segura de que Draco lo entenderá.

–Sí, lo entenderá perfectamente –asintió Cesare, inclinando la cabeza una vez más para besarla–. Creo que está medio enamorado de ti, pero sabe que eres mi chica.

Samantha sonrió. Había encontrado una rara joya y pensaba recordarse continuamente que era la chica más afortunada del mundo; era la chica de Cesare.

Bianca™

Las cicatrices no estaban sólo en su cuerpo, sino en su alma...

Isobel conoció al brasileño Alejandro Cabral en una fiesta en Londres. Tras una noche con él, se quedó embarazada y tuvo una hija, Emma.

Tres años más tarde, tras recuperarse de un grave accidente de coche y quedarse viudo, Alejandro se enteró de que Isobel tenía una hija y decidió buscarla de nuevo. Para ello urdió un plan para atraerla hasta Brasil...

Cicatrices del amor

Anne Mather

¡YA EN TU PUNTO DE VENTA!

Acepte 2 de nuestras mejores novelas de amor GRATIS

¡Y reciba un regalo sorpresa!

Oferta especial de tiempo limitado

Rellene el cupón y envíelo a
Harlequin Reader Service®
3010 Walden Ave.
P.O. Box 1867
Buffalo, N.Y. 14240-1867

¡Sí! Por favor, envíenme 2 novelas de amor de Harlequin (1 Bianca® y 1 Deseo®) gratis, más el regalo sorpresa. Luego remítanme 4 novelas nuevas todos los meses, las cuales recibiré mucho antes de que aparezcan en librerías, y factúrenme al bajo precio de $3,24 cada una, más $0,25 por envío e impuesto de ventas, si corresponde*. Este es el precio total, y es un ahorro de casi el 20% sobre el precio de portada. ¡Una oferta excelente! Entiendo que el hecho de aceptar estos libros y el regalo no me obliga en forma alguna a la compra de libros adicionales. Y también que puedo devolver cualquier envío y cancelar en cualquier momento. Aún si decido no comprar ningún otro libro de Harlequin, los 2 libros gratis y el regalo sorpresa son míos para siempre.

416 LBN DU7N

Nombre y apellido	(Por favor, letra de molde)	
Dirección	Apartamento No.	
Ciudad	Estado	Zona postal

Esta oferta se limita a un pedido por hogar y no está disponible para los subscriptores actuales de Deseo® y Bianca®.
*Los términos y precios quedan sujetos a cambios sin aviso previo.
Impuestos de ventas aplican en N.Y.

SPN-03 ©2003 Harlequin Enterprises Limited

Deseo™

Novia del desierto
Olivia Gates

El futuro del reino de Judar dependía de Farah Beaumont, una extranjera que no quería saber nada de su linaje. Pero, para asegurar la paz de su país, el príncipe Shehab al Masud debía convertirla en su esposa, fuera como fuera. Ocultar su identidad e impresionarla era un buen comienzo. Pero la alegre y aparentemente inocente Farah no se parecía en nada a lo que él esperaba. Y el plan calculador que Shehab tenía para seducirla pronto se convirtió en una aventura demasiado poderosa para poder controlarla...

¡Seducida por un reino!

¡YA EN TU PUNTO DE VENTA!

Bianca

Casada por venganza, seducida por placer

Gabriella St Clair estaba desesperada: su familia estaba a punto de declararse en quiebra. Sólo un hombre podía ayudarla. Pero era un hombre que estaba deseando verla suplicar....

El millonario sin escrúpulos Vinn Venadicci había tenido un corazón tiempo atrás. Pero, después de conocer a Gabriella, una joven malcriada y heredera de una gran fortuna, enterró sus sentimientos para siempre. Ahora ella había regresado en busca de ayuda. Podía rechazarla o, al fin, vengarse convirtiéndola en su esposa.

Boda con el enemigo

Melanie Milburne

¡YA EN TU PUNTO DE VENTA!